Karolin Reißmann

Der Moment zwischen dem Hier und dem Jetzt

Erzählung

Impressum

Bibliografische Information der Deutschen Nationalbibliothek:
Die Deutsche Nationalbibliothek verzeichnet diese Publikation in der Deutschen Nationalbibliografie; detaillierte bibliografische Daten sind im Internet über http://dnb.dnb.de abrufbar.

© 2017 Karolin Reißmann

Herstellung und Verlag: BoD – Books on Demand, Norderstedt

ISBN: 978-3-7431-6469-7

Inhalt

1. Der Beginn
2. Aufbruch zu Pepe
3. Überraschung
4. Anton
5. Luisa
6. Flunker
7. Matti
8. Tom
9. Odette
10. Pepe
11. Der Tag danach
12. Alles neu

1. Der Beginn

„Da ist ein Land der Lebenden und da ist ein Land der Toten; als Brücke dazwischen ist unsere Liebe, sagte einst der Schriftsteller Thornton Wilder. Unser Vater, Großvater und Bruder Anton hat mit vielen bewegenden Momenten und berührenden Begegnungen dafür gesorgt, dass diese Brücke auf unserem weiteren Weg einen Ort bildet, den wir gerne immer wieder mit unseren Erinnerungen besuchen werden. Damit wird er jederzeit ein Teil von uns bleiben."

Meine Klamotten sind klatschnass, der Matsch hat sich bereits seinen Weg in meine Schuhe gebahnt und so stehe ich frierend am Grab von Herrn Himmel. In die letzte Reihe habe ich mich gestellt, um Gesprächen und trauernden Gesichtern so weit wie möglich aus dem Weg zu gehen und nie habe ich so viel sentimentales Zeug gehört. Wie auch, es ist erst die zweite Beerdigung, der ich beiwohnen muss. Trotzdem stelle ich mir die Frage, ob er wirklich so ein guter Mensch war oder ob über Tote prinzipiell nur in den höchsten Tönen gesprochen wird, weil es sich eben so gehört? Wenn er wirklich so toll war, hätte ich ihn doch in den letzten 8 Jahren irgendwann einmal ein wenig mehr wahrgenommen als nur aus dem Augenwinkel. Dass Herr Himmel überhaupt schon so lange in der Firma als

Hausmeister tätig war, habe ich heute Vormittag noch schnell in seiner Personalakte gelesen. Ist ja aber auch nicht weiter verwunderlich, so viel wie ich in den letzten Jahren gearbeitet habe, versuche ich mich vor mir selbst zu rechtfertigen. Anscheinend glaube ich, das sei ein guter Grund, den ich nur zu gern dafür benutze, um mich bei mir und meinem Umfeld aus der Verantwortung zu stehlen. Deshalb musste Karla, meine Assistentin mich auch mindestens dreimal an diesen Termin erinnern. Seltsam, dass mir das gerade jetzt in so einem Moment derart bewusstwird.

Ach scheiße, wie lange dauert das denn noch? Meine Füße sind schon total nass und der Mantel muss dann wohl auch in die Reinigung. Apropos, vielleicht sollte ich mir, jetzt wo Oliver ausgezogen ist, eine Haushaltshilfe holen, die solche Dinge übernehmen kann. Ich kann mich nicht auch noch um solche Kleinigkeiten kümmern. Dass Oliver so ein ganz anderes Leben neben mir führte, war für mich ganz praktisch. Er der große Autor, für den das Leben ein großer Spaß zu sein schien, der von zu Hause aus arbeiten und seine Tage frei einteilen konnte und der sich kein bisschen widerwillig dazu herabließ, sich auch um den ganzen Kram zu Hause kümmern, für den ich weder Zeit noch Kopf hatte. Nie hatte ich eines seiner Bücher gelesen, obwohl ihm sicher viel daran gelegen hätte.

Ich konnte mir einfach nicht vorstellen, was jemand zu sagen haben könnte, der hauptsächlich neben mir her lebte, obwohl sich sein Erfolg völlig gegen meine Einstellung dazu stellte. Verkehrte Welt auf witzige Weise. Nur war ich die Einzige, die das einigermaßen lustig fand.

Ein piepsiges „Hallo?" mit zupfendem Griff an der Manteltasche reißt mich aus meinen Gedanken.

„Hallo, wer bist du denn", frage ich nach unten, in verheulte Augen, schauend.

„Mein Name ist Jan und mein Opa hat gesagt, ich soll dir das hier geben", sagt der kleine Wuschelkopf und hält mir einen Umschlag mit meinem Namen hin. Paula Jansen steht da in schnörkeliger Schrift geschrieben.

„Woher weißt du denn, dass ich das bin?"

„Du bist die Chefin von meinem Opa. Ich habe dich schon ganz oft gesehen, wenn er mich mit zur Arbeit genommen hat. In deinem Büro steht so ein schöner roter Jaguar, aber ich durfte nie damit spielen. Opa sagte, du magst das nicht, wenn jemand deine Sachen nimmt und dass du auch nicht damit spielst, weil du keine Zeit hast. Dabei ist das sehr schade, das Auto ist doch so schön!"

Damit dreht er sich um und rennt durch den matschigen Rasen wieder zu seiner Mutter, der ich kurz zunicke während ich den Brief einstecke. Die Rednerin ist fertig und ich überlege kurz, ob ich mich auch in die lange Schlange der Kondolierenden einreihen soll, um den Trauernden einmal mehr die Hand zu schütteln. Ich beschließe jedoch, uns allen mein unsicheres Gestammel zu ersparen, nach Hause zu fahren und zu duschen. Damit ist wenigstens mir geholfen. Auf dem Weg nach Hause frage ich mich, was ich dort eigentlich will, schließlich gibt es in der Firma wirklich genug zu tun. Als die Ampel nach einer endlosen Rotphase dann endlich auf grün wechselt, trete ich ordentlich aufs Gas damit ich von der Geradeausspur noch vor dem ersten Auto auf die Linksabbiegerspur komme. Der Fahrer des Wagens hinter mir hupt aufgeregt und schüttelt verständnislos mit dem Kopf. Ich schaue ihn mit aufgesetztem Lächeln an und erkläre ihm, durch die geschlossenen Fensterscheiben beider Fahrzeuge, was es heißt Rücksicht zu nehmen und freundlich zu sein. In der Firma angekommen, laufe ich durch die Empfangshalle, die heute merkwürdig kahl wirkt, zum Aufzug. Dieser bringt gerade einige feierabendlustige Mitarbeiter nach unten. Mit einem mehr als auffälligen Blick auf die Uhr sage ich freundlich, aber vorwurfsvoll: „Guten Abend die Herren, gibt es heute keine Termine mehr?"

„Es ist 17:30 Uhr, der einzige Termin, den ich heute noch habe, findet mit meiner Tochter statt. Möglicherweise wirkt das für Sie fremd, aber es gibt tatsächlich Menschen mit einem Privatleben", antwortet einer davon in einem sehr unfreundlichen Ton.

„Fremd nicht, aber da muss halt jeder für sich selbst die richtigen Prioritäten setzen", antworte ich ein bisschen verärgert und mit dem Gedanken, dass jetzt wahrscheinlich alle die Gunst der Stunde genutzt haben, weil keiner damit gerechnet hat, dass ich heute hier noch mal auftauche. Karla ist auch schon am Zusammenpacken als ich ihr Büro betrete. „Gehst du schon", will ich wissen.

„Wonach sieht es denn aus?"

„Was ist denn heute nur los, alle machen früh Feierabend und werden dann auch noch patzig, wenn man sie darauf anspricht", frage ich ein wenig verunsichert.

„Paula, es ist kurz nach halb 6, nicht jeder fängt erst 9:00 Uhr an mit der Arbeit und letztendlich haben alle eine bestimmte Anzahl an Stunden im Vertrag stehen, die sie mehr als erfüllen. Ich weiß, du hörst das nicht gern, aber es gibt für die meisten hier auch noch ein Leben nach der Arbeit und dorthin gehe ich jetzt."

Seltsam wie Karla mit mir redet. Sie ist sonst immer sehr darauf bedacht, nichts Falsches zu sagen, aber heute so ungewöhnlich offen.

Ich kommentiere diesen Gefühlsausbruch mit einem „Ok" und frage weiter: „und was war heute unten am Empfang los? Der schien so leer zu sein, obwohl gerade sehr viel los war, als ich zum Aufzug lief. Habt ihr dort etwas verändert?"

„Möglicherweise liegt es daran, dass Anton nicht mehr da ist. Er war das Lächeln und die Herzlichkeit dieses Ladens. Wie war eigentlich die Beisetzung?"

„Und ich dachte, dafür hätten wir die Dame unten am Tresen stehen. Wofür ist sie denn dann da? Sowas! Naja, wie Beerdigungen nun mal so sind, oder? Besonders schön war es nicht!"

„Vielleicht liegt das daran, dass Astrid gar keine Zeit zum Lächeln hat, weil sie mit all Ihren Aufgaben auch so schon genug zu leisten hat. Wie du sprichst Paula - als wärst du von einem anderen Stern, auf dem es außer dir keine anderen Lebewesen gibt. Ich wäre gern zur Beerdigung gegangen und hätte mich verabschieden wollen."

„Meinst du das ernst", frage ich ein wenig betroffen.

„Natürlich, besonders menschlich ist dein Verhalten oft nicht und irgendwer muss es dir ja mal sagen."

„Mhm ok! Ja, dann…"

Mir fehlen die Worte, deshalb gehe ich langsam weiter in mein Büro.

„Machs gut, Paula", ruft Karla mir hinterher und schaltet das Licht in ihrem Büro aus.

Ich checke meinen Kalender für die nächsten Tage und beschließe jetzt doch auch nach Hause zu fahren. Alleine kann ich heute hier sowieso nicht mehr viel bewegen und mal davon abgesehen, war dieser Tag auch anstrengend.

Frisch geduscht und besser gelaunt, weil mein Kaffee so herrlich duftet, fällt mein Blick auf den Umschlag, welcher aus meiner Manteltasche an der Garderobe blitzt. Eigentlich habe ich gerade überhaupt keinen Kopf für so einen Kram. Oliver ist weg, in der Firma geht es drunter und drüber, alles bleibt irgendwie an mir hängen. Was soll mir außerdem ein fremder, toter Mann zu sagen haben? Schon während ich diesen letzten Satz denke, beginnt mein Herz vor Aufregung zu klopfen. Es ist seltsam, aber jeder einzelne Schlag fühlt sich an, als würde das Leben anklopfen und ich fühle, dass ich es reinlassen muss. Mit Kaffee, Zigarette und zittrigen Händen setze ich mich und beginne zu lesen...

„Liebe Paula,

ich darf Sie doch Paula nennen? Nun ja, wenn nicht, mach ich es einfach trotzdem. Was sollten Sie auch dagegen tun?!

Mein Tod kam für mich nicht besonders plötzlich. Da für Sie aber vermutlich schon meine Existenz eine Überraschung sein dürfte, möchte ich Sie gar nicht mit Details langweilen und komme direkt zum Wesentlichen. Ich bin, beziehungsweise war, ein sehr guter Freund ihres Großvaters. Wir standen uns bis zum heutigen Tag immer sehr nah und in engem Kontakt. Als klar war, dass Sie die Firma übernehmen, bat er mich, ein Auge auf Sie zu haben. Kein kontrollierendes Auge, eher ein liebevolles. Sie müssen wissen, Pepe war immer sehr stolz auf Sie und ihren beruflichen Erfolg. Wenn wir miteinander sprachen, war seine wichtigste Frage aber immer: Ist das Mädchen glücklich? Darauf konnte ich mit gutem Gewissen nie eine positive Antwort geben. Mein Eindruck war viel mehr, Sie führen ein sehr schnelles Leben, was ganz sicher der Beruf mit sich bringt. Den Trends folgend und neue Ideen suchend, standen Sie immer unter Strom und haben von Ihrer Umwelt nicht besonders viel wahrgenommen. Oft habe ich mich gefragt, ob ein Privatleben für Sie überhaupt existiert. Natürlich ist das nur mein persönliches Empfinden, aber vielleicht könnten Sie sich einen Moment Zeit nehmen und sich die Frage selbst beantworten. Sind Sie glücklich? Und wenn Sie schon dabei sind, Zeit zu investieren, könnten Sie doch auch Pepe mal wieder besuchen. Das würde ihn nämlich wiederum sehr glücklich machen.

Wenn ich Ihnen eines sagen darf Paula, ich hatte ein langes und zufriedenes Leben. Einige meiner Freunde mussten jedoch schon vor mir gehen, oft auch ganz plötzlich und immer wieder wurde ich daran erinnert, wie wertvoll die Zeit mit jenen ist, die man liebt. Schenken Sie sich und Pepe ein wenig mehr davon.

Herzlichst Anton

P.S. Im Vorfeld schon mal alles erdenklich Gute zum Geburtstag. Ich weiß, das macht man nicht, aber in Anbetracht der Tatsache, dass ich tot bin, ist mir Etikette ziemlich egal."

„Ob ich glücklich bin? Natürlich bin ich glücklich!" sage ich in einer Lautstärke, dass auch Anton, wo auch immer er jetzt ist, diese Worte hören sollte. Ich stehe auf und laufe zu dem großen Spiegel im Flur, als würde es mich in meiner Aussage bestärken, wenn ich mich dabei ansehe und wiederhole, inzwischen sitzend, mantrartig: Natürlich bin ich glücklich! Natürlich bin ich glücklich! Dass ich nicht auch noch völlig apathisch hin- und herschaukele, während ich mein Inneres von dieser Wahrheit zu überzeugen versuche, ist alles. Auf dem Boden sitzend, überrennen mich so viele und tiefe Gefühle, dass mein Verstand vergeblich versucht, sie zu fassen. Mit ihnen nistet sich ein dicker Kloß in meinem Hals ein und Tränen füllen meine Augen. Ich fange doch jetzt nicht an zu heulen, weil ein alter Mann mir ein paar sentimentale Zeilen schreibt, mahne ich mich selbst. Am Spiegel kleben immer noch all die verliebten Kritzeleien aus längst vergangenen Tagen mit Oliver, welche mir gerade noch den Rest geben. Ich reiße halb verbittert und heulend alle runter, jedes einzelne muss weg hier. Er ist einfach gegangen, mit Sack und Pack. Nur diese romantischen Reste seiner Liebe hat er hiergelassen, vermutlich in der Annahme, der Klebstoff würde sich irgendwann ebenso in Luft auflösen wie die Liebe selbst. In meinem Wahn auch wirklich jeden Zettel zu erwischen, fällt mein Blick auf ein Wolken-Post-it. Darauf steht: „Liebe schmeckt wie Freiheit, wenn jeder seinen eigenen Hunger stillt, wir aber gemeinsam essen." Was soll das denn hier noch alles? Ich zerreiße die Zettel, mit der Absicht nicht nur das Papier, sondern auch die Bedeutung des Geschriebenen zu zerstören und werfe die Reste wie Konfetti in die Luft. Alles, aber auch wirklich alles, was ich in den letzten Jahren vor mir selbst hinter meinem blinden Aktivismus versteckte, macht sich jetzt in Form von Tränen sichtbar und ich lasse es einfach zu. Angefangen beim Tod meines liebsten Freundes Tom, über den fehlenden Kontakt zu meiner Mutter, die immer größer werdende Verantwortung in der Arbeit, die schon längst nichts mehr mit Freude zu tun hat und nicht zuletzt die Erkenntnis, dass hauptsächlich ich das gemeinsame Essen mit Oliver vernachlässigt hatte. Alles, was jetzt gerade Raum in mir sucht und Wege aus mir herausfindet, wird begleitet von der Frage, wann genau ich eigentlich zu dieser arroganten und ignoranten Kuh geworden bin, welche mich gerade mit verquollenen Augen aus dem Spiegel anschaut. Das sind keine Tränen des Selbstmitleids. Ich heule aus Wut, weil ich hier in diesem Moment spüre, wie groß mein Anteil an den meisten Schieflagen meines Lebens ist. Je mehr ich mich in diese Wut hineinsteigere, desto lauter möchte ich schreien und je lauter und gelöster ich werde, desto mehr komme ich bei mir an und spüre seit langem mal wieder wie es ist, ganz bei mir zu sein.

Irgendwann nach einer gefühlten Ewigkeit starre ich einfach nur noch gedankenleer mein Spiegelbild an, als könne mir die Paula auf der anderen Seite sagen, was jetzt am besten zu tun sei. *Pepe!* schießt es ein Weilchen später in meinen Kopf. *Ich muss dringend zu Pepe!* Aufgeregt und von absoluter Vorfreude überschwemmt, schreibe ich Karla eine Nachricht aufs Handy.

„Hallo Karla, tut mir leid, dass ich störe. Sagst du morgen bitte alle Termine für diese Woche ab? Ich muss etwas Dringendes erledigen."

Karla ruft mich an: „Ernsthaft Paula? Was ist mit deinem Geburtstag morgen? Du hast alle zum Essen eingeladen. Und die Präsentation am Donnerstag bei dem alten Herzog?"

„Das Essen holen wir nach und die Präsentation soll einfach Chris halten, wozu habe ich einen so hervorragenden Stellvertreter? Tut mir leid, dass das jetzt so kurzfristig ist, aber ihr schafft das schon. Im Notfall könnt ihr mich auf dem Handy erreichen. Machs gut Karla!"

„Tschüss", sagt Karla verwundert darüber, dass so viel Freundlichkeit aus ihrer Chefin kommen kann und folgert daraus, dass tatsächlich etwas Wichtiges dahinterstecken muss

2. Aufbruch zu Pepe

Am nächsten Morgen kitzelt mich die Sonne im Gesicht und ich räkele mich halbwach und blinzelnd im Bett. Es ist ein ungewohnter Luxus mitten in der Woche von allein aufwachen zu können, den ich mir da heute herausnehme. Trotz dem, dass ich mir die halbe Nacht den Kopf über mein Leben zerbrochen habe, fühle ich mich einigermaßen wach. Ein zartes, leises Winseln unterbricht meine Freude darüber. Ich pelle mich aus meiner Behaglichkeit heraus und gehe ein wenig zaghaft zum Fenster, um nachzusehen woher es kommt und sehe unten einen kleinen Doggenwelpen, der sich weinerlich im Gras zusammengekauert hat, angebunden am Kellerfenster. Ich sehe mich um, aber von einer Hundemutter oder Besitzern ist nichts zu sehen, also ziehe ich mir was über und laufe runter. Neben dem Häufchen Elend entdecke ich eine Karte:

„Alles Gute zum Geburtstag. Hier ist dein Geschenk, ich konnte es leider nicht zurückgeben.

Gruß Oliver

P.S. Es ist ein Mädchen."

Unglaublich, warum macht der Kerl das? Er weiß doch ganz genau, dass ich keine Zeit für sowas habe. Ich binde die Kleine los, nehme sie auf den Arm und gehe wieder hoch in die Wohnung. Zugegeben niedlich ist sie schon. Sie erinnert mich sehr an Pepes Hund. Drinnen setze ich mich mit ihr auf den Boden, um irgendwoher einen klaren Gedanken zu bekommen, wach bin ich jetzt jedenfalls. Ich überlege kurz, wo man ganz auf die Schnelle einen Hund unterbringen kann. Tierheim? Karla fragen? Kommt beides nicht so wirklich in Frage und andere Leute, die mir mit Freude einen größeren Gefallen tun würden, fallen mir gerade auch nicht ein. Schließlich war auch für Freundschaften nie wirklich Zeit. „Was mache ich denn jetzt mit dir?" Sie schaut mich mit ihren großen braunen Augen an, beruhigt sich, wird ganz leise und legt ihren Kopf auf mein Bein. Damit hat sie mich dann auch endgültig. In mir macht sich eine kleine Verliebtheit breit.

„Viele Entscheidungsmöglichkeiten lässt du mir damit ja nicht", flüstere ich. Dann habe ich jetzt wohl einen Hund. Wenn schon Chaos, dann richtig. Der Weg zu zweit, ist halb so weit, das hat schon die Band Grauzone gesungen und als müsse sie meine Gedanken bestätigen, schmatzt die kleine Hündin noch mal genüsslich auf meinem Schoß. Ich packe ein paar Sachen für die nächsten Tage in einen kleinen Koffer, eine gute Flasche Wein für Pepe, Antons Brief, mache mir noch einen Kaffee für unterwegs, bringe inklusive dem Hund alles ins Auto und fahre los. Während der Fahrt fällt mir auf, dass meine Reisebegleitung große Freude daran hat, das Fahrzeug zu erkunden und beschließe noch einen Abstecher zum nächsten Laden für Tierbedarf zu machen. Dort kaufe ich so ziemlich alles, was man für Hunde bekommen kann. Leinen, Näpfe, Futter, Spielzeug. Man weiß ja nie! Ich richte den Rücksitz so hundefreundlich wie möglich ein und mache mich endlich auf den Weg zu Pepe.

So strukturiert und geregelt mein Leben sich in den letzten Jahren auch gegeben hat, so chaotisch reihen sich gerade die Überraschungen aneinander. Auch wenn ich sonst ganz gerne alles unter Kontrolle habe, fühlt sich dieses Durcheinander gerade wahnsinnig toll an. Ich kann nicht einordnen, an was es liegt. Ob es die Vorfreude auf Pepe ist oder einfach das Ausbrechen aus meinem eigenen Erwartungsgerüst, das in den letzten Monaten immer größer wurde, aber letzten Endes ist es auch völlig egal. Es fühlt sich gut an und das ist gerade alles was für mich zählt.

Wie Pepe wohl reagieren wird, wenn er mich sieht? fährt es mir durch den Kopf. Vielleicht hat Anton mich ja schon angekündigt, wenn die beiden so gut miteinander befreundet waren. Die Zeit mit Pepe war definitiv die Schönste in meinem Leben, er war immer für mich da, hat mich ganz alleine großgezogen und mir unheimlich viel beigebracht. Es hat sich niemals wie Ersatz angefühlt, sondern immer so, als wäre es das Normalste der Welt, dass wir eine Familie bilden. Selbst bei längerem Nachdenken fällt mir niemand ein, der selbstloser und herzlicher ist, als mein Großvater. Mein Traum als Kind war es immer, ganz genau so zu werden wie er. Nun ja, das ist dann ja wohl mal so richtig in die Hose gegangen. Aber warum?

Je mehr ich über meine wohlbehütete Kindheit und die vielen schönen Momente nachdenke, welche ich da erleben durfte, desto größer wird mein schlechtes Gewissen, weil ich mich solange nicht gemeldet habe und desto kleiner wurde in den letzten zwei Stunden die Entfernung zu Pepes Haus, das ich nach der nächsten Kurve erreicht habe. Mein Herz macht kleine Sprünge vor Freude und doch fahre ich die letzten Meter sehr andächtig, schaue mir die Gegend ganz genau an, atme die bekannten, schönen Gerüche von blühenden Obstbäumen ein und genieße dieses großartige Gefühl des Nachhausekommens. Wenn ich mich jemals irgendwo zu Hause gefühlt habe, dann hier.

Ich parke das Auto vor Pepes liebevoll bunt gestrichener Gartentür und steige mit der kleinen Hündin aus. Der Garten und das Haus sind an bunter Pracht kaum zu überbieten. An der Haustür hängt ein großes selbstgemaltes Schild, auf dem „Herzlich willkommen!" geschrieben steht. Ich drücke auf den Klingelknopf und höre draußen diesen melodischen Klang, der eher an einen Karibikurlaub erinnert, als an ein kleines Haus auf dem Land. Als keiner auf das Klingeln reagiert, laufe ich um das Haus und sehe Pepe zufrieden auf seiner alten, verwitterten Bank sitzen. Alles ist liebevoll gestaltet und sogar die Spinnennetze zwischen den Holzbalken wirken, als hätte sie jemand mit liebevollem Blick genau dort angebracht. Pepe war schon immer ein wenig eigenwillig, was die Gestaltung seines Heimes anging. Zumindest das Außen gleicht einer wahren Oase. Wie er dort sitzt, so entspannt, ist auch er aus diesem Bild gar nicht wegzudenken. Er öffnet langsam die Augen, die freudig immer größer werden und ruft:

„Da bist du ja, meine Kleine!"

Das wird sich wohl nie ändern, auch wenn ich als Frau mit meinen 1,78 Metern doch eine stattliche Höhe aufzuweisen habe und Pepe mittlerweile einen halben Kopf kleiner ist als ich. Wie er das sagt, fühlt es sich für mich trotzdem richtig an.

„Du hast mich erwartet? Dann war das Schild an der Türe für mich?"

„Ich hatte gehofft, dass du kommst und heute ist doch ein wunderbarer Tag für ein Wiedersehen. Alles Gute zum Geburtstag Paula und herzlich Willkommen zu Hause. Es freut mich wirklich sehr, dass du es einrichten konntest. Wen hast du denn da mitgebracht?"

„Danke Pepe. Es tut so gut dich zu sehen und es tut mir leid, dass ich mich so lange nicht gemeldet habe. Das… Ja das ist das Geburtstagsgeschenk von Oliver."

„Das muss dir nicht leidtun. Ich weiß, dass du immer viel um die Ohren hattest. Anton, dein Hausmeister, hat mich immer ein bisschen auf dem Laufenden gehalten. Jetzt bist du hier und das freut mich wirklich sehr!"

„Großherzig und gut gelaunt wie immer. Geht es dir so gut, wie du aussiehst?"

„Aber ja! Die Knochen werden zwar älter und die Arbeiten gehen nicht mehr ganz so leicht von der Hand, aber das ist der Lauf der Dinge und deshalb gibt es überhaupt keinen Grund zu klagen. Möchtest du etwas essen oder trinken?"

„Ein Kaffee wäre toll und vielleicht hast du etwas Wasser für den Hund? Wenn alles noch an seinem alten Platz steht, hole ich mir das auch gerne selbst."

„Lass nur. Ruh dich von deiner Fahrt aus. Hat das Hündchen denn keinen Namen?"

„Noch nicht. Ich kenne die Dame erst seit heute Morgen."

„Sie erinnert mich sehr an Flunker", sagt Pepe und geht ins Haus. Ich beobachte wie er hineinläuft. Seine Schritte sind schwerfällig und doch schwingt in jedem Einzelnen davon eine so schöne Fröhlichkeit mit. Für diese Leichtigkeit das Leben zu nehmen, bewundere ich ihn sehr. Mit einem Lächeln stehe ich auf, gehe zum Auto und hole den Korb samt Einkäufen herein, bereite meiner neuen Freundin etwas zu essen, die sich sofort darüber hermacht, als hätte sie seit Tagen nichts bekommen. Ich schaue ihr kurz dabei zu und bemerke, dass ich mich doch mehr über ihr Dasein freue, als ich anfangs dachte. Mit der Flasche Wein in der Hand, gehe ich zu Pepe ins Haus, das sehr einfach eingerichtet ist, ganz im Gegensatz zum äußeren Erscheinungsbild. Drinnen hielt Pepe noch nie viel von Schnickschnack und Überfluss. Er besitzt genau so viel wie er braucht. Wenn etwas kaputtgeht, wird es repariert – so wie er es eben von früher noch kennt. Ein absolut schöner

Charakterzug, sich von dieser Wegwerfgesellschaft nicht anstecken zu lassen, finde ich und weiß, dass ich selbst davon sehr weit entfernt bin.

„Hier hat sich ja wirklich gar nichts verändert!"

„Was hätte sich denn deiner Meinung nach verändern sollen?"

„Ach eigentlich nichts, ich freue mich, dass alles so geblieben ist. Das bringt die vielen schönen Erinnerungen mit dir wieder ans Tageslicht. Ich habe dir den besten Tropfen unseres Winzers mitgebracht", sage ich und stelle den Wein auf den Tisch.

„Weißt du Paula, es wird sicher Zeit, dass man hier etwas macht und neu gestaltet, aber das überlasse ich dir."

„Wie meinst du das?"

„Ich meine, dass du das Haus mal erben wirst, wenn meine Zeit gekommen ist, und dass du dann damit machen kannst, was du willst."

„Wie redest du denn? Geht es dir wirklich gut?"

„Natürlich geht's mir gut. Aber ich bin jetzt 88 Jahre alt, was glaubst du denn, wie alt ich noch werde", fragt Pepe lachend. Darüber habe ich noch gar nicht nachgedacht und der

Gedanke, dass Pepe irgendwann nicht mehr sein könnte, macht mich traurig. Noch trauriger macht mich aber die viele ungenutzte Zeit mit ihm. Pepe bemerkt wohl meine Traurigkeit, lässt sie aber unkommentiert stehen.

Wir trinken Kaffee, essen selbstgebackenen Streuselkuchen – Pepe hat wirklich an alles gedacht - und genießen in Erinnerungen schwelgend, das Zusammensein, bis Pepe einfach nicht mehr widerstehen kann: "Sag mal Paula, bist du wirklich glücklich?"

"Jetzt gerade schon - sehr sogar", antworte ich schnell und entschlossen, ahnend, dass Pepe auf etwas Anderes hinauswollte.

"Und in deinem alltäglichen Leben?"
"Ich habe seit gestern viel darüber nachgedacht. Anton hat mich mit einem Brief schon auf diese Frage vorbereitet. Aber was bedeutet denn schon Glück? Das ist doch nicht für jeden das Gleiche. Vielleicht ist in meinem Leben nicht immer alles perfekt, aber zumindest kann ich sagen, dass die Firma sehr gut läuft. Ich habe sehr viel Zeit in unsere Projekte investiert und freue mich jetzt über die Erfolge. Darüber ist zwar vieles andere auf der Strecke geblieben. Aber finanziell kann ich fast nicht mehr erreichen und das macht mich nicht gerade unglücklich."

"Mhm, nicht gerade unglücklich", sagt Pepe grinsend. "Was findest du daran so witzig? Nicht jeder möchte so ein spartanisches Leben führen wie du", sage ich, bereue es aber schon während ich es ausspreche. Immerhin hatte ich genau das gerade noch bewundert.

Immer noch lächelnd antwortet Pepe: „Natürlich möchte das nicht jeder, das ist meine ganz eigene Art zu leben. Paula, wir hatten in den letzten Jahren nicht besonders viel Kontakt. Das, was ich über dein Leben weiß, hat mir Anton erzählt. Ich hoffe, du verzeihst mir, dass ich ihn darum gebeten habe, ein wenig auf dich zu achten. Anton und ich kannten uns sehr, sehr lange und hatten immer ein ganz ähnliches Verständnis vom Leben. Er hat Situationen und Menschen in der gleichen Weise betrachtet, wie ich. Deshalb war ich mir sicher, seine Wahrnehmung von dir, wäre auch meine gewesen. Ich weiß also, dass deine Firma erfolgreich ist, aber ich habe nie etwas von Freude oder Begeisterung gehört. Eher davon, dass du meistens abwesend wirktest und einen schroffen Umgang mit deinen Mitarbeitern gepflegt hast. Abwesend und schroff Paula, das bist doch nicht du."

„So habe ich auf ihn gewirkt", frage ich nachdenklich.

„Ja", spricht Pepe weiter „und ich habe eine ganz andere Paula in Erinnerung. Einen kleinen Wildfang, der mit Freude die Welt entdeckt, der sich mit Begeisterung neue Projekte ausdenkt, der sich um seine Mitmenschen kümmert und für jeden ein offenes Ohr hat, der mit Liebe auf die kleinen Dinge im Leben blickt und sich darin selbst wiederfindet. Versteh mich bitte nicht falsch. Erfolg, auch finanzieller Natur ist etwas Großartiges und ich gönne ihn dir von Herzen. Aber was bedeutet all das Geld, wenn darüber der Zauber des Lebens verloren geht? Aus meiner Erfahrung kann ich dir sagen, es gibt zwei Arten von Glück - das Abhängige und das Unabhängige. Das abhängige Glück findest du überall, aber genauso schnell, wie du es findest, kannst du es auch wieder verlieren, weil es eben abhängig von anderen Personen, Umständen oder Dingen ist – das kannst du kaufen. Das unabhängige Glück hingegen ist in dir. Es ist unbezahlbar und wird dir immer bleiben, wenn du es einmal gefunden hast."

Pepes Worte machen mich traurig und leise. Ich fühle mich auf eine seltsame Art und Weise ertappt. Als hätte ich mich selbst dabei erwischt, wie ich einen Fehler mache. Ohne Vorwurf mir gegenüber, aber doch sehr unangenehm, dass ich mir eingestehen muss, in meiner Welt etwas nicht richtig gemacht zu haben, obwohl ich mich doch dort am besten auskennen sollte und am ehesten wissen müsste, was gut für mich ist. Jetzt ist da Pepe, spricht mit mir und stellt gedanklich mein ganzes Leben auf den Kopf. Plötzlich wird mir klar, dass dieser schöne Tag einer derjenigen ist, an denen es um alles geht. Vielleicht auch der Tag überhaupt. So ein kleiner Augenblick des gesamten Lebens, der, wenn man ihm mit gnadenloser Ehrlichkeit begegnet, das mühsam aufgebaute Kartenhaus aus Stolz und Arroganz zum Einsturz bringen und alles neu durchmischen kann. Ich könnte jetzt einfach so weitermachen wie bisher oder einfach mal Eier in der Hose haben. Und das wären für mich wirklich große Eier, aber heute ist mein 35. Geburtstag und vielleicht ist genau jetzt der Zeitpunkt, einer freundlichen und wirklich glücklichen zweiten Lebenshälfte Hallo zu sagen, wäge ich innerlich ab. Pepe schaut mich mit einem wissenden Blick an, als hätte er irgendwann in seinem Leben auch genau an diesem Punkt gestanden und sich ebensolche Gedanken gemacht.

"Du musst jetzt nicht antworten", sagt Pepe „vielleicht hast du Lust auf einen Spaziergang mit deiner Freundin, dann kann ich mich hier noch ein wenig ausruhen vor deiner Party. Weißt du denn inzwischen, wie dein Hund heißen soll?" "Du hast mir gar nichts von einer Party erzählt. Wer kommt denn noch? Ich würde sie gerne auch Flunker nennen, wenn

du nichts dagegen hast. Deine Flunker war etwas ganz Besonderes, genau genommen, war sie meine beste Freundin als ich klein war."
„Oh, es werden nicht viele Leute kommen. Im Grunde wird das eher eine sehr private Veranstaltung, die dir vielleicht ein paar Antworten liefert - wenn du das denn möchtest. Aber das kannst du dir jetzt bei deinem Ausflug überlegen." Pepe dreht sich zu der kleinen Dogge und heißt sie, ihren Kopf tätschelnd, mit einem „Flunker also!" in der Familie willkommen.

Ich nehme Flunker an die Leine und ziehe los in Richtung See, an dem ich mit Pepes Hund so gerne saß, nachdachte, herumtollte oder Steine springen ließ. Hier ist es so angenehm ruhig. Zu dieser Seite vom See hat man nur von Pepes Grundstück aus Zugang. Zwischen zwei alten Kiefern hatte Pepe vor langer Zeit einen Grashügel angelegt, der auch heute noch die Form einer Couch hat und damit sehr zum Verweilen einlädt. Um die Couch herum ist eine Blumenwiese, in der sich Schmetterlinge und Bienen tummeln. Wie oft ich das in der Stadt vermisst habe. Dieses Surren, das hier und da vom Wind unterbrochen wurde, welcher sich seinen Weg durch die Bäume bahnt und damit ein flüsterndes Blätterrascheln hinterlässt. Genau so fühlt sich Glück an. Ich schließe die Augen, möchte diesen Moment einfangen und genießen, doch an meiner Oberfläche tummeln sich gerade die Themen meines Lebens, die nicht ganz so sehr an Glück erinnern.

3. Überraschungsparty

Als ich zurück zu Pepes Haus komme, dämmert es bereits. Ganz untypisch für meine sonst so organisierte Welt habe ich bei all den schönen Eindrücken, Erinnerungen und annähernden Momenten mit Flunker völlig die Zeit vergessen. An diesem See habe ich früher immer Antworten auf meine großen Fragen gefunden und so ging ich heute immerhin mit der Klarheit dort weg, dass ich mich meinem Leben stellen werde, was auch immer das Ergebnis davon sein wird. Ich laufe, tief atmend, um das Haus zurück in den Hof, wo Pepe schon ein Abendessen und Wein aufgetischt hat. Die Gläser sind gefüllt und neben meinem Teller steht ein weiterer kleiner Teller mit einer grünen Tablette. Wird er wohl verwechselt haben, denke ich und setze mich auf den anderen Platz. Pepe kommt mit frisch duftendem Brot und einer Käseplatte dazu.

„Wer wird denn da auf dem Thron des Alters sitzen" scherzt er, mit einem Grinsen, welches verrät, dass er weiß, was ich mir dabei gedacht haben. Er hatte schon immer ein gutes Gespür für meine manchmal doch auch sonderbaren Gedankengänge.

„Oh, ich dachte nur..."

„Ich weiß," sagt Pepe, setzt sich auf den anderen Stuhl und schiebt mir den kleinen Teller zu.

„Das ist deine Party oder man könnte auch sagen, die bittere Pille der Wahrheit, ohne die es keine Party gibt. Das kannst du selbst entscheiden. Lass es dir schmecken." Ich schaue ihm ziemlich verwirrt zu, wie er sich ganz in Ruhe sein Brot mit Käse belegt und beginnt zu essen.

„Nun nimm dir doch", sagt er mit vollem Mund und ich sitze einfach nur fassungslos daneben. Er reicht mir einen Teller mit einer kleinen grünen Pille, nennt sie Pille der Wahrheit und tut so, als wäre nichts dabei. Wer weiß, was da drin ist. Es kommt mir irgendwie absurd vor, so spät noch eine Drogenkarriere zu beginnen. „Was passiert mit mir, wenn ich diese Pille schlucke", frage ich.

„Ach das ist bei jedem unterschiedlich, aber du wirst danach sicher nicht mehr dieselbe sein."

„Wenn ich ehrlich bin, hatte ich eine ganz andere Vorstellung von diesem Abend. Ich dachte, wir reden. Also du mit mir und dabei gibst du mir Tipps und deine Weisheiten mit auf den Weg, die ich beherzigen kann?"

„Das könnte ich tun. Dann wüsstest du ganz genau, was ich aus meinem Leben und meinen Fehlern gelernt habe. Vielleicht möchtest du dir aber lieber dein Leben anschauen und daraus deine eigenen Schlüsse ziehen? Nach Ratschlägen kannst du dann immer noch fragen. Dieses kleine Ding, kann dir ein bisschen Klarheit verschaffen, zu dem, was du bisher erlebt hast. Damit kannst du Veränderung in dein Leben holen oder du machst einfach weiter wie bisher. Diese beiden Möglichkeiten gibt es jetzt in diesem Moment für dich."

„Da habe ich dich ein Leben lang für deine Herzlichkeit und Offenheit bewundert und jetzt machst du so ein großes Geheimnis draus?"

Ich esse. Langsam und bedacht. Keine Ahnung, wann ich einen Bissen so oft gekaut habe wie jetzt, aber um Zeit zu schinden, scheint mir das eine ziemlich gute Methode zu sein. Das werde ich mir merken für den Fall, dass ich irgendwann einmal gekidnappt werde. Dabei war ich mir doch gerade noch ziemlich sicher, ich würde das mit dem Eierhaben heute ausprobieren und mich mir selbst stellen. Vielleicht ist das ja auch nur eine Hormontablette, wenn es schon sinngemäß um Geschlechtsteile geht... Meine Gedanken drehen sich, ich weiß nicht, wo ich anfangen oder aufhören soll. Pepe bemerkt wohl meine Zweifel und spricht weiter:

„Paula, auch wenn du einer der wichtigsten Menschen in meinem Leben bist und ich dir nur das Beste für dein Leben wünsche, kann ich dir nicht erzählen, was richtig oder falsch ist. Weisheit ist nichts Anderes als dich selbst wirklich gut kennenzulernen und aus dem, was du in dir findest, das Beste für dein Leben zu machen. Dazu ist es sicherlich nützlich so viel wie möglich auszuprobieren und auch Wissen zu sammeln. Doch alles, was du an Erfahrung aufnimmst, solltest du dann auch auf die Tauglichkeit für dich selbst hinterfragen und am Ende wird immer dein Herz dir sagen, was das Beste für dich ist. Du allein kannst Klarheit für dich schaffen und diese Pille kann dir vielleicht helfen, die Sache zu beschleunigen. Sei also offen für alles, was gleich auf dich zukommt und höre zu. Versuche die Geschehnisse nicht allein mit dem Verstand zu erfassen, sondern spüre vor allem auch mit dem Herzen, was davon dich berührt. Und wenn dort nur ein Stein liegen sollte, höre ihn an und erlaube dir zu fühlen, was er in dir bewegt. Dir kann überhaupt nichts passieren, ich bleibe hier", fügt Pepe fürsorglich an. Für mich klingt das gerade alles noch sehr schwammig. Ich kann mir ungefähr vorstellen, was Pepe mit all dem meint, kann es aber für mich nicht richtig greifen. Also nehme ich nun doch mutig das Glas und spüle die grüne Pille mit einem großen Schluck Wein hinunter. Was habe ich schon zu verlieren? Im schlimmsten

Fall bin ich danach genau so schlau wie vorher oder ein bisschen benebelter. Pepe wird schon wissen, was er da tut...

4. Partygast 1 - Anton

Gefühlte Stunden später öffne ich meine Augen. Ich fühle mich ein bisschen benommen, gerade so als hätte ich eine ganze Weile geschlafen, lasse aber mit zusammengekniffenen Augen meinen Blick schweifen. Es ist dunkel geworden. Der Hof ist übersät mit unzähligen kleinen Lichtern und Schatten, welche ich auf den ersten Blick überhaupt nicht sortieren kann. Durch mein Blinzeln verschwimmen die Lichter zu einem zauberhaften Wirrwarr. Ich höre Stimmen, die Lichter wirken als würden sie gestikulieren und als ich endlich die Augen richtig öffnen kann, erkenne ich in den Lichtern die Menschen, welche mich bisher in meinem Leben begleitet haben. Meine Mutter steht dort mit Anton Himmel, Tom und Matti, meiner ersten großen Liebe und noch einigen anderen in einer sehr verblassten Version ihrer selbst und doch so wundervoll funkelnd. Mich berührt dieser Anblick. Noch nie habe ich alle mir wichtigen Menschen zusammen gesehen. Sie sind vertieft in ihre Unterhaltungen, bis sie merken, dass ich sie vor Freude lachend beobachte. Und schon habe ich ihre ungeteilte Aufmerksamkeit. Alle winken mich zu sich heran und wollen sich mit mir unterhalten. Der Einzige, der weder etwas sagt noch winkt, ist Anton Himmel, welcher einfach nur ruhig wartend in der Lichtermasse steht. Ich gehe langsam auf Anton zu. Er scheint mir von allen am unverfänglichsten zu sein, was auch immer gleich geschehen mag. Immerhin haben wir uns nicht wirklich gut gekannt. Also was soll mir schon großartig passieren? Trotz diesem Gedanken fühle ich mich so unsicher wie selten.

Kurz vor Anton und einem weiteren hell umrandeten grauen Wesen bleibe ich stehen. Erst auf den zweiten genaueren Blick erkenne ich, dass diese kleinen hellen Punkte meine eigene Silhouette bilden. Ich schaue mich noch einmal um und sehe meinen Umriss auch bei all den anderen Leuten stehen, bis ich mit meinem fragenden Blick wieder bei Anton lande. Dieser macht eine einladende Bewegung mit der Hand, ich solle näherkommen. Also gehe ich noch einen Schritt vor, um dort in diesen von Lichtern umtanzten Schatten zu treten. Es ist als würden die Lichter mit mir verschmelzen, mich zum Strahlen bringen. Eine angenehme und wohltuende Wärme durchströmt mich. Ich bewege mich, schaue auf meine Hände, bewege diese schneller und ziehe bei jeder Bewegung einen kleinen Lichtschweif hinterher. Absolut fasziniert von diesem in Szene gesetzten Körper, betrachte ich ihn ausführlich von oben bis unten in allen Einzelheiten. Abgesehen von ein paar wirklich dunklen Stellen, zu denen das Licht nicht durchzudringen scheint, finde ich meine festlich glänzende Hülle sehr schön anzusehen. Irgendwie toll, denke ich, man sollte nachts immer so in Erscheinung treten können, das macht Spaß!

Anton reicht mir die Hand – nicht so als wolle er Guten Tag sagen, viel mehr als Aufforderung, dass ich meine Hand in seine legen soll. Zaghaft, fast schüchtern hebe ich meinen Arm und lege meine rechte Hand in Antons Linke. In dem Moment, da wir beide uns berühren, wird auch Antons blasse Gestalt zunehmend kräftiger, bis er von einem echten Menschen kaum noch zu unterscheiden ist. Völlig überwältigt schaue ich mich um und versuche mir zu erklären, was das hier sein soll. Ein Traum vielleicht? Oder wirklich eine andere Welt. Mein Hirn wäre gar nicht in der Lage sich etwas derart Absurdes auszudenken.

„Mach die Augen zu, Paula", unterbricht Anton freundlich lächelnd mein Denken.

„Warum?"

„Damit du nicht abgelenkt wirst!"

Also schließe ich die Augen, um ganz kurz in eine erwartungsvolle Dunkelheit abzutauchen, welche sofort von einem an mir vorbei rasenden Film über einen Teil meines Lebens abgelöst wird...

An meiner Bürotür klopft es.

„Was ist denn schon wieder", frage ich, ohne zu wissen wer davorsteht. Die Tür geht langsam auf und Karla kommt mit einer Tasse Kaffee an meinen Schreibtisch.

„Ich wollte dir nur schnell einen Kaffee bringen", sagt sie.

„Ich habe dir doch gesagt, ich will nicht gestört werden. Das hier ist wichtig, verstehst du das nicht?" Karla dreht sich wortlos um. *Doch das habe ich verstanden, ich dachte nur, du bist vielleicht müde und könntest einen Kaffee vertragen. Kommt nicht wieder vor!* denkt sie sich auf dem Weg zur Tür. Gerade als sie hinaustreten will, kommt ihr auf dem Flur Anton Himmel entgegen.

„Tut mir leid Anton, ist gerade kein guter Zeitpunkt", sagt sie.

„Aber ich wollte nur..." höre ich ihn noch sagen, bevor die Tür sich wieder schließt.

Mit einer Vollbremsung parke ich den Wagen vor dem Haupteingang der Firma. Es ist schon spät, eigentlich sollte keiner mehr in der Firma sein, aber in der unteren Etage brennt noch Licht. Ich war mit Chris bei einem Geschäftsessen, das eher mäßig lief, weil Chris sich verplappert hat, dabei sind wir vorher extra alles noch mal durchgegangen. Streitend laufen wir auf die Tür zu, die uns von Herrn Himmel, der uns wohl schon hörte als wir ausstiegen, aufgehalten wird. Beide laufen wir in den Streit vertieft, durch. Chris, der immer wieder versucht sich zu entschuldigen, zwinkert Anton zu. Das tut er oft als höfliche Geste, wenn er jemanden trifft, aber gerade mit etwas anderem beschäftigt ist. Ich schaue nicht mal in Antons Richtung, sondern schimpfe ungestört weiter auf Chris ein.

Ich stehe vor der versammelten Belegschaft und halte eine Rede zum Jahresabschluss. In den ersten Reihen sitzen die üblichen Verdächtigen. Karla, Chris und alle, die sich vorgenommen haben, in dieser Firma Karriere zu machen, zumindest die von denen ich das auch weiß. Ich spreche über die Erfolge des Unternehmens, aber vor allem darüber, was im nächsten Jahr alles noch besser laufen muss, damit langfristige Ziele umgesetzt *und erreicht werden können. - Von Motivation versteht die aber wirklich gar nichts. - Wenn wir so erfolgreich waren, warum gibt sie uns nicht mal eine Gehaltserhöhung? - Kein Wort des Dankes, nichts! Typisch! - Na hoffentlich ist wenigstens das Essen nachher gut. - Ach Paula, das ist es nicht, was die Leute hören wollen!*

Während diese Bilder meinen Kopf passieren, entsteht in mir ein riesiges Durcheinander. Alles an Gedanken und Gefühlen, das meinen Mitmenschen in diesen Situationen entspringt, sprudelt mir kalt und ungefiltert entgegen. Verachtende Blicke, fiese Kommentare... Natürlich habe ich das oft wahrgenommen, aber ich tat es meistens als Charakterschwäche der anderen ab. Antons Hand immer noch haltend, fühle ich mich seit Langem mal wieder ganz, offen und verbunden mit einer Welt, die mir Klarheit und Wahrheit entgegenhält. Hier finden wohl scheinbar auch die Dinge zu mir, die sich im Alltag hinter meiner Unnahbarkeit und Selbstgerechtigkeit versteckt hatten. Auf einmal spüre ich so etwas wie Empathie.

„Wie geht es dir", fragt Anton mit einem besorgten Lächeln.

„Mir geht es gut. So gut es einem halt geht, wenn man vor Augen gehalten bekommt, wie unsympathisch man wirkt. Das ist es doch, was du mir damit sagen willst? Oder verstehe ich etwas nicht richtig? Vielleicht werde ich ja verrückt", sage ich und zweifle tatsächlich kurz an dieser Art Wahrheit.

„Ja vielleicht, aber das würde ich nicht so ernst nehmen, ein bisschen Wahnsinn gehört zur Selbsterkenntnis dazu, wie sonst sollte man den Mut finden, hinzuschauen", lacht er.

„Im Ernst, du warst immer dabei. Jetzt wo ich diese Situationen gesehen habe, fallen mir noch etliche andere ein, die einen ähnlichen Charakter haben. Warum hast du nie etwas gesagt", will ich wissen, weil ich mich wirklich für mein Benehmen schäme.

„Was hätte ich dir denn sagen sollen?"

„Ich weiß es nicht! "

„Paula, egal, was ich dir gesagt hätte, es wäre nicht zu dir durchgedrungen. Oder glaubst du, du hättest dir überhaupt angehört, was ein Hausmeister dir zu deinem Verhalten zu sagen hat? Das wäre nicht der richtige Zeitpunkt gewesen. Heute bist du bereit, dir das alles anzusehen und das finde ich großartig."

„Vermutlich, hast du Recht", antworte ich schuldbewusst und frage, was Anton denn so spät noch in der Firma gemacht hat.

„Ach weißt du, ich konnte manchmal nicht so gut schlafen, dann war ich gern in der Firma und habe Kleinigkeiten erledigt, die den normalen Geschäftsbetrieb tagsüber nur aufgehalten hätten."

„Anton, es tut mir sehr leid, dass ich dich und deine Arbeit nie wirklich wahrgenommen habe. Du hast alles hingenommen, nie ein böses Wort verloren, obwohl ich das mehr als verdient hätte. Ich bin dir dankbar für alles, was du für mich getan hast, für deine Arbeit, für deinen Kontakt zu Pepe und auch für deinen Brief. Ich wünschte, ich könnte es irgendwie wiedergutmachen."

„An mir musst du nichts gutmachen."

„Aber ich muss doch irgendetwas tun können?!"

„Das kannst du schon, aber das solltest du ganz allein für dich tun."

„Was ist das?"

„Es gibt zwei Dinge, die mein Leben immer auf eine sehr schöne Art bereichert haben. Eventuell tun sie das bei dir auch... Nimm dir Zeit für dein Leben. Es geht nicht darum, so viel wie möglich in kürzester Zeit zu schaffen und abzuarbeiten. Vielmehr geht es darum Augenblicke bewusst zu erleben, mit all ihrer Vielfalt, Menschen mit offenem Herzen zu begegnen und wirklich zu sehen. Wann hast du das letzte Mal jemanden wirklich kennengelernt? Fragen gestellt, deren Antworten dich wirklich interessiert haben? Nimm dir die Zeit, Paula. Zeit für Achtsamkeit. Versuche die Menschen in deinem Umfeld zu sehen. Wirklich zu sehen. Nicht nur die, die du kennst oder magst. Sieh jeden, der dir begegnet und glaube nie, dass das, was du sehen kannst, die absolute Wahrheit ist. Auch Wahrheiten können weit auseinandergehen, wie du heute gesehen hast. Jeder Mensch trägt eine Geschichte in sich und du siehst immer nur ein Bruchstück davon. Ein Bettler zum Beispiel, kann vorgestern noch ein hochbezahlter Manager gewesen sein. Ebenso ist das Leben in der Lage, aus einem armen Menschen einen sehr Vermögenden zu machen. Natürlich kannst du nicht hinter jede Fassade blicken, alles verstehen oder jedem helfen, aber du kannst jeden mit derselben Freundlichkeit und Achtsamkeit behandeln. Bestenfalls beginnst du damit bei dir selbst. Vielleicht gelingt es dir nicht sofort in jedem Moment, aber versuche es immer wieder, bis es dir in Fleisch und Blut übergeht und dann beobachte wie dein Leben sich verändert, wie sich die Menschen in deinem Umfeld verändern und ob das Leben dir nicht auch ein bisschen freundlicher entgegentritt."

„Danke Anton", sage ich, doch da verblassen auch schon seine Lichter und er verschwindet in der Dunkelheit. Mir hinterlässt er eine kleine Traurigkeit. Ich finde es auf einmal so schade, dass ich die Gelegenheit, diesen wunderbaren und schlauen Menschen kennenzulernen, nie genutzt habe und stelle mir vor, wie viele tolle Persönlichkeiten außer Anton ich wohl noch verpasst habe, während ich auf meinem Egotrip unterwegs war. Achtsamkeit und Freundlichkeit wollte er mir mitgeben. Achtsamkeit und Freundlichkeit. Wie neue Namen muss ich alles wiederholen, was ich mir merken möchte und dabei komme ich mir ziemlich komisch vor – sollten gerade diese beiden Dinge doch selbstverständlich sein.

5. Partygast 2 - Luisa (meine Mutter)

Damit drehe ich mich um und sehe hinter all den ganzen Lichtern Pepe sitzen, der genüsslich an seinem Wein nippt und mir aufmunternd zunickt. Meine Mutter, Luisa, winkt immer noch aufgeregt in meine Richtung und zwischen all den Menschen entdecke ich jetzt auch Flunker, welche sich schüchtern an den Rand des Geschehens gesetzt hat. Es kommt mir vor, als würde sie lächeln. Bei diesem Gedanken geht mein Herz auf. Doch bevor ich zu meiner geliebten Freundin komme, werde ich erst mal Mama anhören. Irgendwie habe ich die leise Vermutung, dass ich nach Luisa etwas Aufmunterung brauchen werde. Als hätte Flunker meine Gedanken gehört, legt sie sich entspannt hin. Ich gehe geradewegs auf meine Mutter zu, stelle mich, ohne auf eine Aufforderung zu warten, in meinen Umriss und hebe die Hand, um ihre zu berühren. Luisa schüttelt mit freundlichen Augen den Kopf, küsst ihre Handfläche und legt sie dann auf meine Stirn, als sollte der Kuss genau dort platziert werden. Ich spüre eine angenehme Wärme, die von ihr ausgeht. Das ist mir noch nie so aufgefallen. Alles an ihr wirkt wohlwollend und liebevoll. *Ich hatte dich ganz anders in Erinnerung*, denke ich, doch da schießen mir auch schon die Erinnerungen in den Kopf.

> Ich bin vier Jahre alt. Eines nachts wache ich in einem fremden Zimmer auf. Eigentlich ist es vielmehr eine dunkle und kalte Abstellkammer, deren Tür nur angelehnt ist, damit es drinnen ein wenig heller ist. Trotzdem habe ich Angst. Auf dem Flur sind laute Stimmen zu hören, Gläserklirren und Musik. Um möglichst wenig aufzufallen, stehe ich ganz leise auf und mache mich auf die Suche nach meiner Mutter. Ich laufe den Flur entlang, schaue in eine offene Küche, in der wenige Leute hektisch Essen zubereiten, aber Mama ist nicht dabei, also gehe ich weiter. Am Ende des Flurs sehe ich eine ebenfalls angelehnte Zimmertür mit einer schwarzen Karte an der Klinke. Auf Zehenspitzen renne ich den Gang entlang. Am Ende angekommen, schiebe ich mit beiden Händen die Tür auf, welche unsanft an einen Schrank knallt. Drinnen sitzen ein paar dunkle Gestalten, in ebenso düsterer Beleuchtung und spielen Karten. Einer von ihnen dreht sich um, holt schon Luft, um zu schreien, legt dann aber die Karten weg und kommt auf mich zu. „Wer bist du denn", fragt er jetzt eher sanft.

„Ich heiße Paula. Darf ich mitspielen", will ich wissen, froh nette Menschen gefunden zu haben.

„Solltest du nicht lieber schlafen?"

„Das habe ich schon, damit bin ich fertig!"

„Also gut Paula, wir spielen diese Runde noch zu Ende und dann darfst du dir ein Spiel aussuchen, ja?!"

Der Mann holt eine Flasche Limonade für mich aus dem Kühlschrank, stellt mir ein paar Kekse auf den Tisch und setzt sich dann wieder auf seinen Platz. Er hebt mich auf seinen Schoß, damit ich mit ihm in die Karten schauen kann. Die Männer spielen und ich schaue ihnen zufrieden kauend zu. Irgendwann höre ich die Stimme meiner Mutter näherkommen:

„Paula?... Paula?... Paula! Was machst du hier? Komm sofort raus da!"

„Lieschen, gehört die dir", fragt einer der Herren amüsiert.

„Halt die Klappe Andi", sagt sie und zieht mich schimpfend, aber ohne Begründung, aus dem Zimmer.

Ich komme von einem Klassenausflug der 1b nach Hause. Die Hose zerrissen, im T-Shirt Löcher – so hat mich meine Mutter in Empfang genommen und direkt ins Auto gesetzt, bevor sie auf die dringende Bitte meiner Lehrerin nach einem Gespräch reagierte. Von meinem Kindersitz aus beobachte ich die beiden, wie sie am Bus stehen und mit noch anderen Eltern wild diskutieren bis Luisa sich umdreht und mit großen Schritten aufgeregt auf das Auto zuläuft. Sie steigt ein und zieht wütend die Türe zu.

„Tu das nie wieder, Paula!"

„Aber...?!"

„Kein Aber, tu es einfach nie wieder!"

Ich schaue mit gesenktem Kopf aus dem Fenster nicht verstehend, was ich falsch gemacht haben soll. Natürlich weiß ich, dass man andere Leute nicht schlägt, aber die Jungs haben über meine Mutter gelacht und schlimme Dinge gesagt. Dafür hatte ich keine andere Lösung. Ich möchte es ihr so gerne erklären, aber sie lässt mich nicht. Aus irgendeinem Grund möchte sie das alles nicht hören.

Am Tag vor meinem 8. Geburtstag sitze ich mit Luisa zum Frühstück in der Küche am Tisch. Unsicher verkündet sie mir, dass sie mich nachmittags zu Pepe fahren würde und ich nach dem Essen meine ganzen Sachen zusammenpacken sollte, die mir wichtig seien und die ich dort für die neue Schule bräuchte. Sie fragt mich nicht einmal, ob ich überhaupt zu Pepe möchte. Auch Gründe sagt sie mir keine. Sie hat einfach beschlossen, dass dies das Beste für mich sei. Also packe ich mit dem Wissen, dass ich so schnell nicht zurückkehren werde, all meine ganzen Schätze in einen kleinen grünen Koffer. Vieles lasse ich zurück. Vor allem Dinge, die mir nichts bedeuten. Auch das einzige Foto, auf dem ich zusammen mit meiner Mutter bin, bleibt hier. Nicht, weil ich nicht daran hänge, sondern als Zeichen. Sie soll ruhig sehen, wie verletzt ich bin. Und so gestaltet sich der persönliche Abschied nach einer langen, schweigsamen Fahrt, kurz und schmerzlos, bevor ich mich in Pepes Arme werfe und meinem Kummer freien Lauf lasse. Aber auch Luisa hat Tränen in den Augen.

Zwischen meiner Mutter und mir passiert eigentlich immer das gleiche Szenario – ich mache angeblich Ärger, sie ist wütend. Dabei weiß ich in den seltensten Fällen, was ich tatsächlich falsch gemacht habe.

Jetzt aber, nehme ich hier so viel Angst wahr. Luisas Angst, die ich heute zum ersten Mal in meinem Leben spüre. Ich sehe ihre Tränen, ihren Ärger darüber, dass ich ungerecht behandelt wurde und ihren Schmerz darüber, dass sie mir nicht das Leben bieten konnte, welches sie sich für mich gewünscht hat.

„Warum hast du mir dich denn nicht früher schon so gezeigt? Ich hatte immer das Gefühl, dass alles, was ich tue falsch ist und ich gar keine Chance habe, dir eine Freude zu machen."

„Ich weiß, ich habe viel falsch gemacht, Paula. Ich wollte immer stark sein für dich, wollte uns etwas aufbauen und habe darüber vergessen dir zu zeigen, wie sehr ich dich liebe. Dich bei Pepe unterzubringen, sollte keine langfristige Lösung sein, sondern nur bis ich einen neuen Job gefunden habe. Aber als ich den dann hatte, wolltest du schon nicht mehr zurück zu mir. Pepe konnte dir all das geben, wozu ich nicht in der Lage war. Bei ihm bist du aufgeblüht, bist zu einem fröhlichen, aufgeweckten Mädchen geworden. Das hat mich einerseits verletzt, weil ich doch diejenige sein wollte, bei der du dich wohlfühlst, andererseits war ich froh, dass du bei meinem Vater so glücklich warst. Ja, ich hätte wenigstens versuchen sollen, dir alles zu erklären, aber damals dachte ich, du würdest es noch nicht verstehen. Meine Umsetzung der Dinge, die ich gut gemeint habe, war oft weit davon entfernt, perfekt zu sein." Langsam bekomme ich eine Ahnung davon, wie sich meine Mutter all die Jahre gefühlt haben muss, in denen ich den Kontakt mit ihr verweigert habe. Allein die Vorstellung von diesem Gefühl treibt mir die Tränen in die Augen.

„Ich war mir so sicher, du wärst die Einzige hier, bei der ich nichts falsch gemacht habe", sage ich.

„Und jetzt tut es mir einfach nur leid, dass ich nie auf deine Anrufe und Briefe reagiert habe."

„Das muss dir nicht leidtun, es war deine Art dich zu schützen. Wenn ich dir jetzt aber vielleicht etwas für die Zukunft wünschen darf...", spricht Luisa mit einem fast schüchternen und fragenden Unterton.

„Ja, bitte!" erwidere ich, gespannt was diese Frau, die sich jetzt in diesem Moment tatsächlich wie eine Mutter anfühlt, zu sagen hat.

„Räum auf! Als erwachsene Frau erwartest du sicher andere Worte, aber mein großer Wunsch für dich ist, dass du dein Leben aufräumst. Schau, wo es Unklarheiten oder Missverständnisse gibt, die aus der Welt geschafft werden wollen. Entscheide, was an Erfahrung und Erleben dir wichtig ist und alles andere lass los. Du bist erwachsen und hast jeder Zeit die Wahl, wie du dein Leben gestalten möchtest. Lass mich los und den Zorn, den du auf mich hattest, der dich bis hierher begleitet hat. Kein zorniger Gedanke, wird dir je in deinem Leben weiterhelfen. Lass Menschen in deiner Umgebung los, die dir nicht guttun. Lass alles los, zu dem du nicht aus tiefstem Herzen JA sagen kannst und gehe umso sorgfältiger und liebevoller mit dem um, was am Ende noch bleibt. Das ist alles, was ich dir mitgeben möchte. Es tut gut, dich zu fühlen. Danke, dass du mich gesehen hast, meine Liebe!"

„Ich danke dir!", sage ich mit Tränen in den Augen und merke, dass meine Mutter nicht zu den Dingen gehört, die ich loslassen möchte.

Luisa lässt ihre Hand von meiner Stirn langsam noch einmal über meine Wange streichen und verblasst mit dieser Geste in einer klärenden und gefühlvollen Nacht. Ich setze mich langsam auf den Boden. Mit so vielen Emotionen habe ich bei meiner Mutter überhaupt nicht gerechnet. Niemals hätte ich gedacht, dass mir die verloren gegangenen Jahre auch bei ihr wehtun könnten. Mir wird klar, dass ich mich in meinem Leben nur allzu oft vom Offensichtlichen blenden lassen habe, so auch hier. Liebevoll stand sie mir gerade gegenüber und hat Größe gezeigt, wohl wissend, dass sie nicht alles richtig gemacht hat. Vielleicht sind wir uns doch ähnlicher, als ich bisher wahrhaben wollte. Wir haben beide so verbissen versucht, alles richtig zu machen, dass wir dabei die Bedürfnisse der Menschen, die wir lieben vergessen und übersehen haben. Möglicherweise ist es jetzt wirklich an der Zeit Groll und Vorwürfe aus längst vergangenen Tagen loszulassen, um neuen Platz zu schaffen für viel schönere Gefühle. Weniger Ballast, mehr Klarheit. Mit dieser Erkenntnis steigt eine unbändige Vorfreude in mir auf. Voller Tatendrang würde ich am liebsten sofort damit beginnen mein Leben zu sortieren und auszumisten. Danke Mama für deine besonderen Worte und diese Energie.

6. Partygast 3 - Flunker (meine liebste Freundin)

Ein warmer, weicher Kopf auf meinem Schoß unterbricht meine Gedanken. Flunker verbindet sich mit mir in dieser vertrauten Art und Weise wie sie es schon früher immer tat und wie es auch die kleine Flunker heute Morgen sofort tat und damit mein Herz erobert hat. Genau wie damals hat sie auch in diesem Moment ein außerordentliches Gespür für meine Gefühlswelt. Sie spürte immer als erstes, wenn mein Gleichgewicht aus den Bahnen geriet, wenn ich nachdenklich war oder es mir schlecht ging. Sie war einfach immer da. Und wenn sie sonst auch eher zur stürmischen Sorte Hund gehörte, waren dies Augenblicke, in denen sie sanft und ruhig meine Nähe suchte und diese Ruhe auf mich übertrug. Andererseits hat sie so viel Freude und Spaß in mein Leben gebracht. Mit ihr habe ich die Welt entdeckt, manchmal auch aus ganz neuen Perspektiven, zu denen mir ohne sie an meiner Seite wahrscheinlich der Mut gefehlt hätte. Neben ihr fühlte ich mich stark und hatte das Gefühl, ich könne alles schaffen.

Ich schließe die Augen und lege meine Hand genau wie früher auf ihren Kopf.

Es ist ein heißer Sommertag, den wir zusammen wie so oft am See verbringen. Wir fangen Fische, nicht etwa um sie zu essen, es ist eher wie ein Spiel. Wer ist schneller. Meistens sind es die Fische, wenn wir aber doch mal einen fangen, lassen wir ihn sofort wieder frei. Nach vielem Toben, spritzendem Wasser und mit nassen Klamotten, sehe ich in einer kleinen Einbuchtung des Sees etwas glitzern.

„Vielleicht ist es ein Schatz", sage ich laut zu Flunker und gehe langsam im flachen Wasser über den steinigen Grund. Ich finde einen kleinen bunten Fischschwarm vor. Ganz ruhig liegen sie da, mit ihrer glitzernden Farbenpracht und lassen sich vom Wasser hin- und herwiegen. Flunker und ich setzen uns ans Ufer und beobachten dieses bunte Treiben lange und ausführlich. Bald hat jeder Fisch einen Namen und ich denke mir fröhliche Geschichten über königliche Glitzerheiten aus, die ich Flunker erzähle, welche sich dazu genüsslich in der Sonne räkelt und ihr Fell trocknen lässt. Immer wenn ich mir besonders lustige oder schöne Details ausdenke, habe ich das Gefühl, dass Flunkers Augen noch fröhlicher leuchten als sonst.

An einem regnerischen Sonntag im April sitzen wir unter einem großen Schirm am See auf Pepes Grascouch und betrachten die Tropfen, welche ins Wasser fallen. Diese kleinen Tropfen, die einen so langen Weg hinter sich haben, welchen sie allein und doch unter so vielen anderen Weggefährten hinter sich gebracht hatten, nur um am Ende in sich selbst unterzugehen. Stundenlang kann ich hier sitzen, beobachten und mich in solchen Gedanken verlieren. Flunker schmiegt sich dann meistens ganz fest an mich heran. Vielleicht weil sie ahnt, dass ich diese Gedanken, die da durch meinen Kopf schleichen, selbst gar nicht richtig greifen kann.

Es waren diese kleinen, aber so berührenden Momente, die mich mit Flunker verbanden. Instinktiv wusste Flunker immer genau, wann ich ihre Nähe brauchte oder wann ich einfach nur mit ihr die Welt entdecken wollte. Manchmal hatte ich das Gefühl, dass ich die Welt durch sie ein bisschen besser verstehen und mit anderen Augen sehen konnte.

„Meine Paula", höre ich eine warme, weiche Stimme sprechen. Ich möchte die Augen gar nicht öffnen, weil ich es so genieße Flunker jetzt auch auf diese Weise zu erleben, obwohl mir sehr wohl bewusst ist, dass Hunde nicht sprechen können.

„Liebe, es tut gut, dich zu sehen. Ich habe dich sehr vermisst. Dich und deine Geschichten. Mit deiner kindlichen, aufrichtigen und fröhlichen Art hast du mir stets mein altes Doggenherz gewärmt. Ich habe unsere Zeit immer sehr genossen."

„Ich habe dich auch sehr vermisst. Mit dir die Welt zu erkunden, war immer ein besonderes Erlebnis. Wir haben so viele tolle Sachen entdeckt, du hast mir bezaubernde Orte gezeigt und wann auch immer ich meine Fröhlichkeit verloren hatte, du hast sie mir zurückgebracht. Du hast mir immer das Gefühl gegeben, die Welt ist in Ordnung und mir kann nichts passieren."

„Paula, mal ehrlich, wann hast du aufgehört zu staunen und begonnen, deinen einzigartigen Blick auf die Welt zu vergraben?"

„Ich weiß es nicht", antworte ich ehrlich.

„Ich weiß nicht, ob es da einen bestimmten Zeitpunkt gab oder ob ich nicht ganz langsam und unbemerkt in dieses fade, blickwinkelarme Leben hineingeschlittert bin. Ich vermute eher Letzteres und dann bin ich dortgeblieben, weil mich die Bequemlichkeit der emotionalen Langeweile eingelullt hat. Jetzt aber, als die Vergangenheit mit dir so an mir vorbeigezogen ist, habe ich gemerkt, dass ich nicht nur dich vermisse, sondern auch diese bunte Vielfalt an Erleben."

„Halleluja, das ging ja schneller, als ich dachte", entgegnet mir Flunker auf eine liebevolle, spöttische Art.

„Du hattest eine so unglaublich schöne Weise, die Welt zu sehen. Als hättest du verstanden, wie sie gemeint war. Voller Fantasie und Kreativität hast du dich in deine kleinen Abenteuer gestürzt. Aus farbig hast du kunterbunt gemacht, Vogelschwärme wurden durch dich zu Theaterstücken, aus kleinen Augenblicken machtest du eine Liebe zum Leben. Lass diese Gabe nicht einfach verschwinden. Hol sie dir bitte, bitte zurück und lass andere daran teilhaben. Da ist so viel Schönes in dir, das hast du alles nicht bekommen, damit du es versteckst. Erschaffe etwas Gutes daraus!"

Da sitze ich also mit geschlossenen Augen und einem Hund, der gerade eine inbrünstige Rede an mich gerichtet hat. Staunen soll ich. Ich kann mich gar nicht mehr daran erinnern wie das war, als ich noch ausgelassen, fröhlich und unbeschwert durch das Leben gestolpert bin, um mich und die Welt kennenzulernen. Irgendetwas braut sich bei dem Gedanken in mir zusammen. Es fühlt sich wie etwas Großes an, das ich aber gerade nicht greifen kann und ganz nebenbei diese außerordentliche Freude darüber, dass ich das hier erleben darf. Ich lehne mich mit dem Kopf vor zu Flunker und flüstere ihr ein „Danke. Für alles!" ins Ohr, streichle ihr noch einmal liebevoll über den Kopf, um mich von ihr zu verabschieden und nehme die Hand von ihr. Damit verschwindet sie in der Nacht. Wie gut sie mir immer tat. Auch früher hatte ich immer schon das Gefühl, sie spricht mit mir, gibt mir Ratschläge, dachte aber, ich würde mir das alles nur einbilden und alles was ich von ihr erfahren habe, hätte ich mir nur ausgedacht. Jetzt weiß ich es besser.

7. Partygast 4 - Matti (meine erste große Liebe)

Mein Herz ist so erfüllt mit Liebe. Ich möchte gerade gar nicht aufstehen, so schön fühlt sich das an. Muss ich auch nicht, denn da verhakt gerade jemand seinen kleinen Finger mit meinem und küsst mich auf den Mund. Matti! Ich lasse die Augen geschlossen und genieße diesen Moment. Ich freue mich so sehr, dass er hier ist, dass ich fast vergesse, was das hier eigentlich für eine Veranstaltung ist. Doch die folgenden Bilder entreißen mich diesem schönen Gefühl und schicken mich in eine andere Welt...

> Ich bin 15 Jahre alt. Heute ist ein kalter, nasser Tag, ich stehe im Schlafanzug am Küchenfenster, schaue dem Regen zu und trinke meine heiße Schokolade, die ich so liebe. Meine Gedanken kreisen um das Theaterabschlussfest in der Schule, das wir seit Wochen vorbereiten. Es macht so viel Freude mit all den anderen aus verschiedenen Klassenstufen ein eigenes Stück einzustudieren. Ich spiele eine durchgeknallte Alte, namens Odette und finde, diese Rolle passt perfekt zu mir. Teilweise steigere ich mich so in ihre Verrücktheit hinein, dass ich mir wünsche eines Tages

ganz genau so zu werden. Sogar ein Gedicht habe ich über sie geschrieben:

Odette, die Nette

Odette liegt schön gekleidet,
in ihrem Wasserbett und meidet,
wie es ihr so gut gefällt
jeden Kontakt zur Außenwelt.

Mit Pünktchenkleid und Ringelsocken,
rechts und links ein Zopf im Haar,
alles um daheim zu hocken,
fühlt sie sich ganz wunderbar.

Am meisten Spaß hat sie daran,
durchgeknallt zu sein und bunt,
glitzernd tanzend im eigenen Wahn,
fühlt sie sich federleicht gesund.

Nur weil sie es allein so will,
liegt sie hier, verhält sich still,
genießt die schönen Tage

und stellt sich immer die gleiche Frage.

Was wäre anders ohne mich?

Wäre(n)...
das Öl billiger?
Geldgeber williger?
Komiker witziger?
Politiker hitziger?
Zitronen gelber?
Vater er selber?
Wiesen saftiger?
Eilende hastiger?
Elefanten blau?
Kohl eine Frau?
Sterne heller?
Fortschritte schneller?

Und wo führte das alles hin?
Völlig frei von jedem Sinn.
Und trotzdem sollte man es wagen,
den eigenen Schwachsinn zu hinterfragen.

Odette, bleib nicht zu lang im Haus,
du musst auch mal wieder raus.
Sei auch draußen dein eigener Held,
Menschen wie dich, braucht die Welt.

Während ich so in der Küche stehe, mit Odette im Kopf, überkommt es mich und ich hampele vor dem Fenster herum, um neue Dinge auszuprobieren, die ich meiner älteren Version noch unterjubeln könnte. Dabei merke ich erst ziemlich spät, dass draußen am Gartentor jemand steht und mich lachend beobachtet. Mir fällt die Tasse aus der Hand, die zum Glück schon ziemlich leer ist und geistesgegenwärtig, wie ich finde, lasse ich mich reflexartig in Richtung Boden gleiten. Einundzwanzig, zweiundzwanzig... zähle ich fünf oder sechsmal immer wieder von vorn, um auf Nummer Sicher zu gehen und denke drüber nach woher ich diesen Typen kenne. Puh, das ging gerade alles so schnell, dass ich gar nichts erkennen konnte. Noch dazu hatte er eine Kapuze auf. Ich versuche mich gaaanz laaangsaaam wieder nach oben zu stemmen, um noch mal nachzuschauen. Da steht der immer noch und hält weiterhin grinsend einen Brief in die Luft, winkt damit, wirft ihn in den Briefkasten und verschwindet dann mit seinem Fahrrad im Wald. Das war doch Matti, denke ich. Der Typ aus der Oberstufe, von dem alle so schwärmen. Ich bin hin- und hergerissen. Brief holen oder trocken bleiben? Was denn, denke ich, gerade habe ich noch geübt verrückt zu sein, laufe los im Schlafanzug und lege auf dem Weg noch eine kleine Tanzeinlage ein. Zurück im Haus lese ich:

„Hallo Paula, ich habe vorgestern zufällig dem Gespräch mit deiner Freundin zugehört. Bitte lass mich wissen, wenn du alt genug bist für dein Odette-Dasein. Ich möchte dich dann gerne heiraten :) Liebe Grüße Matti"

Was will der? Der spinnt doch, denke ich und muss lachen. Nicht, dass spinnen schlecht wäre, im Gegenteil. Die Art wie er spinnt, gefällt mir irgendwie.

„P.S. Okay, ich habe gerade gesehen, du bist eigentlich schon so weit. Vielleicht können wir mal einen Kennenlernkaffee trinken gehen?" steht in einer krakeligen, vom Regen verschmierten Schrift darunter.

Wir gehen einen Kaffee trinken, zwei, drei, verlieben uns und werden ein Paar. Matti beginnt seine Lehre, wir sehen uns vielleicht zweimal in der Woche. Ich finde das nicht besonders viel, aber wir erleben die Zeit intensiv, weil wir uns an unsere Abmachung halten, dass wir aus unseren Begegnungen das Beste machen und das gelingt uns ganze vier Jahre in denen wir uns immer wieder gegenseitig zu Verrücktheiten anstiften.

Ich falle. Aus dem Flugzeug. Dabei jubele ich in meiner Euphorie über diese grenzenlose Freiheit lauthals die Wolken an, welche völlig unbeeindruckt von meinem Anflug im Himmel liegen. Wahrscheinlich bin ich für sie nichts weiter als ein besonders lauter, überdimensionaler Vogel. Circa 50 Meter über mir tut Matti das Gleiche. Die ersten Sekunden im freien Fall kommen mir ewig vor, ich freue mich über die winzig kleinen Wassertropfen, die sich auf mein Gesicht setzen, während ich durch die Wolken fliege und weiß schon jetzt, das will ich wieder tun und wieder und wieder. Nach ungefähr 30 Sekunden öffnet sich der Schirm. Es gibt einen Ruck und zusammen mit meinem Tandempartner werde ich wieder nach oben gezogen, was mir wieder ein grelles Whooohooo entlockt. Wir gleiten, den Ausblick genießend, langsam zurück in Richtung Boden, während in meinem Kopf ein lautes, sich immer wiederholendes NOCHMAL vor sich hin hallt. Das gleiche Wort höre ich unten von Matti, als wir uns glücklich, darüber dieses wahnsinnige Erlebnis geteilt zu haben, in die Arme fallen.

Wir sind in unserem ersten und letzten gemeinsamen Urlaub und liegen mit unserer Decke auf einem versteckten Steg am Bodensee. Um uns herum stehen Kerzen, Wein und allerlei ungesunder Kram. Wir träumen von einem aufregenden Leben, erzählen uns, was wir alles erleben wollen und warten gespannt auf die Sternschnuppen, die heute angeblich die beste Show des Jahres abliefern werden, damit wir uns endlich etwas wünschen können. Es ist einer dieser kleinen perfekten Momente, die sich im Herzen einnisten, um dann ein Leben lang darin herumgetragen zu werden. Mein einziger, bescheidener Wunsch ist, dass alles genauso bleibt wie es ist. Mit Matti, mit Großvater und mit dem Sammeln von schönen Momenten. Drei Monate später beginne ich mein Studium. Unsere Leben glitten einfach auseinander ohne große Worte, ohne Kränkungen und vor allem, ohne dass wir es merkten.

Und da ist Oliver. Jener, welcher mich schon bei unserer ersten Begegnung vor mir selbst gerettet hat. Der Oliver, der mir die Schuhe bindet, weil ich mir den Arm gebrochen hatte. Der, der immer wieder mit Überraschungen vor der Tür stand. Dieser Mann, der mich mit seinen kleinen Botschaften immer wieder an seine Liebe erinnerte, welche so groß und geduldig schien. Der Oli, der mit der Zeit zu einer Selbstverständlichkeit wurde und den ich dann irgendwann, langsam aber sicher vergaß, obwohl er bei mir war, weil ich so damit beschäftigt war, die Firma aufzubauen und arrogant zu werden. Oliver, der mir das immer wieder sagte und dann irgendwann ganz leise einfach verschwand, da ich nicht hinhören wollte.

„Habe ich bei uns etwas falsch gemacht", möchte ich von Matti wissen.

„Aber nein", antwortet er.

„An uns klebte der Zauber unserer Jugend, wir waren frei, unbekümmert und haben einander ohne Vorbehalte geliebt. Dann hat uns das Leben in verschiedene Richtungen geschickt, womöglich, dass wir uns weiterentwickeln können. Unser ganzes Leben lag schließlich noch vor uns. Aber unsere Zeit war wundervoll und besonders."

„Das stimmt, ich habe oft und gern an dich gedacht. Vielleicht habe ich auch insgeheim bis heute immer gehofft, es könne mit irgendjemandem noch einmal genauso werden wie mit dir."

„Ach Paula, das ehrt mich, aber du musst zugeben, es ist keine besonders kluge Taktik, die Gegenwart mit der Wehmut über die Vergangenheit zu sehen. Das ist als würdest du heute Pommes essen und erwarten, dass sie schmecken wie die Klöße von gestern nur weil sie auch aus Kartoffeln gemacht werden. Vergleich ist der Tod aller Schönheit. Jede Zeit in unserem Leben ist besonders, bringt außergewöhnliche Menschen und spezielle Erlebnisse mit sich, welche uns wachsen lassen, wenn wir sie nehmen, wie sie sind und ihre Einzigartigkeit erkennen. Das gilt auch und besonders in der Liebe. Ist es nicht so, dass wir alle uns jemanden wünschen, der uns so liebt wie wir sind? Wir wollen niemanden, der trotzdem bei uns bleibt, sondern jemanden, der ein Weil in uns gefunden hat. Oder?"

„Habe ich deshalb eben auch Oli gesehen?"

„Sag du es mir!"

„Ich glaube, ich habe heute zum ersten Mal wirklich wahrgenommen, was er tatsächlich für mich gewesen ist: ein Macher, ein Helfer, ein Rückzugsort, ein Augenöffner und ein liebender Spiegel. Warum konnte ich das denn vorher nie sehen? Ganz oft dachte ich, er wolle mich nur ärgern mit seiner Art meine Welt zu erschüttern." Dieser Groll, der sich in den letzten Jahren meistens gegen Oli richtete, legt sich nun plötzlich auf mich und führt mir sowohl meine Ignoranz als auch alle Ungerechtigkeiten Oli gegenüber vor Augen.

Matti sieht mir meinen Ärger wohl an.

„Sei nicht so hart mit dir. Wahrhaftige Liebe möchte uns zeigen, wer wir wirklich sind. Sie kehrt aus uns das Schönste heraus, was wir zu geben haben. Wenn sich denn beide darauf einlassen. Anderenfalls kann einer der beiden noch so bemüht sein, die Magie der Liebe wird sich nicht offenbaren. Vielleicht hast du dich in deiner Welt einfach nur zu schnell um dich gedreht."

„Nicht vielleicht. Ganz sicher sogar. Und ich glaube, er hat einfach nur versucht, Teil dieser Welt zu sein und mich darin zu unterstützen. Aber diese Erkenntnis kommt ein bisschen zu spät."

„Für Erkenntnisse ist es nie zu spät. Selbst wenn Oli nicht mehr mit dir auf die Tanzfläche will, bleibst du dort nicht ewig allein. Und falls du doch ein Weilchen ohne jemanden tanzt, ist das eine gute Möglichkeit, dein Wissen an dir umzusetzen."

„Was meinst du damit?"

„Liebe beginnt bei dir selbst, Paula. Wie sollst du jemand anderen ohne Bedingungen lieben, wenn du nicht mal dir dieses Gefühl entgegenbringen kannst?"

Ich lache, auch ein bisschen aus Verlegenheit.

„Ach ja, und wie soll das bitte aussehen? Selbstverliebt war ich doch jetzt lang genug, oder?"

"Zwischen Selbstliebe und Selbstverliebtheit besteht ein riesiger Unterschied. Ein erster guter Schritt könnte zum Beispiel sein, dich und dein Leben zu akzeptieren, inklusive aller Erlebnisse, die dich zu der Frau gemacht haben, die jetzt vor mir steht."
"Das geht nicht so einfach Matti. Erst recht nicht, wenn ich jetzt sehe, wie mein Benehmen mir und anderen geschadet hat."
„Doch das ist so einfach, weil auch das zu dir gehört und akzeptiert werden möchte. Das Leben besteht daraus Fehler zu machen und aus ihnen zu lernen - ich möchte sogar behaupten,

genau dafür ist es da. Wenn wir mit diesem Bewusstsein unseren Weg gehen, fällt es uns viel leichter uns und anderen zu verzeihen. Was wir uns verzeihen, vergeben wir auch unseren Mitmenschen leichter, andersrum verurteilen wir auch andere ziemlich schnell, wenn es um Dinge geht, die wir an uns nicht ausstehen können. Deshalb ist es so wichtig uns selbst zu akzeptieren und zu lieben. Eigentlich ist das eine ziemlich einfache Sache, welche uns jedoch nicht dazu verleiten sollte ohne nachzudenken oder absichtlich verletzend durchs Leben zu stolpern, weil wir uns ja alles verzeihen können. Mag sein, dass dich das jetzt alles verwirrt, dann nimm auch diese Verwirrung an. Sieh dich nicht als gegebene Figur deines Lebens an. Finde heraus, wer du sein willst, schau dich nach Vorbildern um, wähle bewusst was du verkörpern möchtest und dann kreiere dir dieses Ich und liebe dich dafür."

Er hat Recht, ich bin verwirrt. In meinem Kopf schwirren tausende Gedanken umher, von denen jeder einzelne darum bettelt, zu Ende gedacht zu werden. Einer meldet sich besonders laut und möchte eine zweite Chance mit Oliver, der mehr Geduld mit mir hatte als ein ganzes Kloster voller Zenmönche hätte aufbringen können.

„Danke Matti. Danke für unsere Liebe, für das Öffnen meines Herzens und den Funken Hoffnung, der sich gerade in mir ausbreitet."

Ich drücke seinen kleinen Finger kurz noch fester und lasse dann mit einem Lächeln los.

8. Partygast 5 - Tom (mein bester Freund)

Ich stehe vorsichtig auf und merke, dass ich langsam die Orientierung verliere. So viel Neues, Altes und Veränderung an einem Abend... Ich drehe mich mit suchendem Blick und erkenne einige Meter von mir entfernt Tom. Mit verschränkten Armen, aber breitem Grinsen fängt er meinen Blick ein und läuft auf mich zu. Nach Flunker war Tom mein bester Freund, wir haben unsere Studienzeit miteinander verbracht und miteinander das Leben gefeiert. Er stellt sich vor mich und wir fallen in eine gleichermaßen fremdelnde als auch vertraute Umarmung, welche ausreicht, um schon wieder Tränen über mein Gesicht laufen zu lassen.

> Wir laufen Arm in Arm betrunken durch die spätsommerlichen, dunklen Straßen. Der warme Nieselregen und die Straßenlaternen bringen das Kopfsteinpflaster zum Funkeln. Unsere Welt dreht sich und wir freuen uns über das Leben und einen aufregenden Abend, den wir im Prag, unserem Lieblingsclub verbracht haben. Wir gehen, die Treppen zum Neckar hinunter, setzen uns ans Ufer und werten mit der letzten Flasche Wein, welche wir aus dem

Laden geschmuggelt haben, den Abend aus. Er erzählt mir, wen er alles kennengelernt hat und von diesem einen Mädchen, das er morgen gleich anrufen wird und ich mache die Stufen zur Bühne und führe die schlechtesten Anmachsprüche des Abends in vollkommener Theatermanier auf. Zumindest der Alkohol lässt mich in dem Moment glauben, dass ich eine ganz hervorragende Schauspielerin sei. Wir lachen bis sogar die Enten schnatternd einstimmen. So endeten die meisten unserer gemeinsamen Abende, welche die Highlights unseres Studentenlebens waren und wir genießen sie in vollen Zügen bis Tom sich irgendwann zurückzieht.

Wochenlang versuche ich ihn zu erreichen, rufe an, hinterlasse Nachrichten, gehe an unterschiedlichen Tagen bei ihm vorbei. Ich sehe zwar, dass er meine Nachrichten gelesen hat, aber er reagiert nicht darauf. Ihn zu vermissen und nicht zu wissen, was eigentlich los ist, macht mich verrückt. Nach drei Monaten gebe ich auf und rede mir ein, dass es Menschen dann am besten geht, wenn sie sich am wenigsten melden und stelle Theorien von einer neuen Freundin oder

Studienstress auf, habe selbst aber eher das Gefühl, dass ich mir damit nur etwas vormache.

Es ist ein Samstagabend im Dezember, draußen weht ein eisiger Wind und ich muss mich überwinden überhaupt auf die Straße zu gehen. Den ganzen Tag saß ich über meinen Büchern und will jetzt noch kurz für eine Stunde ins Prag, um auf andere Gedanken zu kommen. Lage für Lage packe ich mich ein, um den 20-minütigen Fußmarsch anzugehen. Im Prag angekommen, gebe ich meine obersten Klamottenschichten an der Garderobe ab und hole mir an der Bar einen Sekt mit dem ich mich in einer dunklen Ecke verkriechen will, damit ich von dort aus in Ruhe das Treiben beobachten kann. Der Barkeeper bringt mir meinen Sekt mit einem Umschlag.

„Du bist doch Paula", fragt er mit ernsten Gesichtszügen.

„Ja. Schon", antworte ich viel zu leise für den Geräuschpegel hier. Trotzdem nickt mir der Typ mit einem traurigen Lächeln zu, schiebt mir mein Geld wieder zurück, dreht sich um und bedient den nächsten Gast. Mit Sekt und Umschlag ziehe ich mich in eine Ecke zurück, grüße auf dem Weg ein paar Bekannte und bin gespannt, was mich erwartet. Ich öffne den Umschlag und ziehe einen Zettel heraus.

„Liebe Paula...", lese ich und erkenne Toms Schrift. Ach, denke ich, hat er sich doch wieder eingekriegt, der Gute. „..., ich weiß nicht, wann du meine Zeilen bekommst...", lese ich weiter „...heute ist der 13. November. Sven, der Barkeeper, ist ein Bekannter von mir und hat mir versprochen, dir meinen Brief zu geben, wenn er dich das nächste Mal sieht. Vielleicht hast du gehört, was passiert ist, vielleicht auch nicht. Ich hatte dir ja von meinen immer häufiger werdenden Kopfschmerzen erzählt. Am Montag nach unserem letzten gemeinsamen Abend, hatte ich einen Termin bei meinem Arzt. Die Diagnose war eindeutig und meine Lebenserwartung wurde auf höchstens noch ein halbes Jahr geschätzt. Das war ein riesiger Schock für mich wie du dir sicher vorstellen kannst. Mit 25 Jahren glaubt man ja, man hat noch ewig Zeit und auf einmal schrumpft ein Ewig auf eine Hand voll Monate. Ich verkroch mich ein paar Tage und beschloss dann aus dieser Zeit für mich das Beste zu machen. Also rief ich dieses Mädchen an, von dem ich dir erzählte. Juli ist ihr

Name. Sie ist 22 und absolut bezaubernd. Der einzige Wunsch, den ich für meine restliche Zeit hatte war, lieben und geliebt zu werden und das wollte ich mit ihr versuchen, weil ich wusste, du würdest meine Liebe nicht erwidern. Was nicht schlimm ist, versteh mich nicht falsch. Wahrscheinlich hätte ich dich noch 10 Jahre weiter geliebt, aber jetzt war die Zeit zu kurz für Hoffnung. Vielleicht kann man bei zwei Monaten auch gar nicht von Liebe sprechen, aber mit Juli fühlte es sich zumindest so an. Sie hat mich als den Menschen gesehen, der ich bin, auch mit meiner Krankheit. Es tut mir leid, dass ich mich bei dir nicht gemeldet habe, ich hoffe, du kannst mir das verzeihen. Danke für die schöne Zeit, die wir miteinander hatten. Meine Reise ist hier zu Ende. Dein Tom"

Immer wieder lese ich diese Zeilen und kann es einfach nicht fassen. Nicht mal einen Hauch habe ich von seiner Liebe geahnt und ich frage mich die ganze Zeit, ob ich es hätte merken müssen und ob es etwas geändert hätte, wenn ich es gewusst hätte. Ich bin wütend. Auf Tom, weil er mir nie etwas davon gesagt hatte, weil er vor dieser Wahrheit einfach so geflüchtet ist in ein kurzes, neues Leben an die Seite einer Unbekannten, und auf mich. Vor allem auf mich, weil ich einfach aufgegeben hatte, mich bei ihm zu melden. Weil ich nicht da war, als er mich vielleicht am dringendsten gebraucht hätte.

Ich stehe heulend auf, werfe dabei das noch halbvolle Sektglas um, laufe Menschen anrempelnd direkt durch die Massen zur Garderobe und will meine Sachen holen. Vor mir stehen noch ein paar Wartende, aber es tut sich nichts. Die Garderobe ist gerade nicht besetzt.

„Hallo", rufe ich.

„Kann jetzt endlich mal jemand kommen?" So laut und wütend ich das eben rufen kann, wenn auch die Stimme mit Weinen beschäftigt ist.

„Hey was ist denn los", fragt mich von der Seite jemand. „Mach mich jetzt bloß nicht blöd an", schnalze ich zurück.

„Gib mir deine Marke", sagt er und nimmt sie mir dabei schon aus der Hand. Er springt über den Tresen und kommt mit meinen Klamotten und seiner Jacke zurück. Ich nehme alles und renne die Treppen hoch zum Ausgang. Ich brauche dringend frische Luft, vielleicht beruhigt mich das ein bisschen. Der Typ ist immer noch hinter mir. „Ich bin Oli, soll ich dich nach Hause bringen?"

„Nein, danke" antworte ich immer noch ziemlich biestig. „Nicht mal ein Stück? Bis es dir wieder ein bisschen besser geht?" „Na gut", sage ich. Aber eigentlich nur, damit er aufhört zu nerven. Oliver hat eine ruhige Art und hört sich alles an, was plötzlich doch alles aus mir herausbrechen will. Er spricht nicht viel, hört einfach nur zu und das tut er auch die restliche Nacht auf meiner Couch bis wir dort gemeinsam einschlafen.

„Du bist einfach gegangen, ohne dich zu verabschieden!" flüstere ich Tom mit dem gleichen Schmerz ins Ohr, der mich beim Lesen des Briefs überkam, ohne ihn dabei loszulassen.

„Der Brief war mein Abschied. Vielleicht ein bisschen einseitig und spät, ich weiß, aber ich wollte es nicht noch schwerer machen."

„Mir oder dir?"

„Uns beiden. Paula, unsere Zeit war wunderbar und aufregend. Ich habe alles mit dir so genossen. Natürlich, du hättest dich um mich gekümmert, wärst für mich dagewesen und hättest Verantwortung übernommen. Aber mitleidige Blicke wären das letzte gewesen, was ich gewollt hätte von der Frau, die ich liebe. Ich wollte fröhlich sein, verliebt, verrückt, mich selbst noch einmal spüren, ohne an morgen zu denken. Das konnte ich nur ohne dich."

„Ja aber..." ich seufze als könne ich ihn jetzt rückwirkend noch umstimmen.

„Gut. Ich hätte vielleicht mit dir reden sollen, doch dann wärst du mir bis zum Ende auf den Fersen gewesen. Ich weiß, dass du keine Ruhe gibst, wenn dir etwas wichtig ist. Du kannst nicht alles kontrollieren. Es tut mir leid, wenn mein Verhalten dich verletzt hat, aber es war mein Leben und meine Entscheidung für einen besonderen Abgang."

„Ja natürlich, es wäre nur schön gewesen ich hätte es von dir persönlich erfahren. Aber wahrscheinlich hast du Recht, ich hätte dich nicht in Ruhe gelassen."

„Du bist eine großartige Frau Paula, bewahre dir deine Leichtigkeit von damals oder hole sie dir zurück und gib die Verantwortung wieder an die Menschen, denen sie gehört! Vertraue ihnen, denn sie wissen sehr wohl, was gut für sie ist. Und auch, wenn es bei den Lieblingsmenschen besonders schwerfällt, Angst und Sorgen loszulassen, sie werden es dir danken und dir zeigen, wenn sie dich brauchen. Vielleicht findest du hier eine gute Mischung aus der früheren Paula und der heutigen, welche sich emotional viel zu weit von ihrem Umfeld entfernt hat. Das würde ich mir wirklich für dich wünschen." Langsam wird mir das Ausmaß der Wandlung, welche ich bis zu meinem heutigen Ich hingelegt habe, so richtig bewusst. Je mehr diese Erkenntnis durch meinen Kopf schleicht, desto angenehmer scheint mir der Gedanke an einen Mittelweg und der Reiz von Drahtseilakten an den Grenzen von Extremitäten verschwindet. Ich drücke Tom noch einmal ein wenig fester, hauche ihm einen Kuss auf die Wange und lasse ihn erleichtert los.

9. Partygast 6 – Odette (eine neue Bekanntschaft)

Im Hof ist es dunkel geworden. Fast alle Lichter meiner Lieben sind inzwischen verblasst, nur drüben zwischen den beiden italienischen Tonfiguren tänzelt noch eines gedankenverloren vor sich hin. Ich habe absolut keine Idee, wer das sein könnte. Gerade als ihre Pirouette meine Richtung erreicht hat und sie erkennt, dass ich wieder alleine bin, wirft sie die Arme in die Luft und kommt auf mich zu gerannt. Ahnungslos schlüpfe ich in meinen Schatten. Vor mir leuchtet eine farbenfrohe ältere Dame auf, welche mir vertraut scheint, obwohl ich sie noch nie gesehen habe. Ihr Gesicht ist freundlich und übersät mit Lachfalten, ihre Klamotten sind bunt, schräg und gleichzeitig auch elegant. Sie gibt eine gelungene Mischung aus Pipi Langstrumpf und Königin Elisabeth ab. Meine gedanklichen Fragezeichen scheinen offensichtlich zu sein. Sie strahlt mich an, als fände sie ziemlich amüsant, dass ich nicht weiß, wo ich sie einordnen soll.

„Willst du mir nicht sagen, wer du bist?"

„Du erkennst mich wirklich nicht, oder?"

„Nein!"

Du kommst mir sehr bekannt vor, deine Art, dich zu bewegen, dein Lachen, alles ist so vertraut, aber ich kann mich nicht an dich erinnern. Wie heißt du?"

„Oh, du könntest mich Odette nennen oder Paula oder ich. Such dir einfach aus, was für dich am besten klingt."

„Was?" Ich versuche zu begreifen, was sie mir da sagen will, schaue genauer hin und tatsächlich schaue ich in meine eigenen Augen, welche so erfüllt sind von Leben und Freude, wie ich es beim Blick in den Spiegel nur selten wahrgenommen habe.

„Du bist ich", sage ich mit leiser, verwirrter Stimme.

„Wenn bis hierher auch schon alles ziemlich verrückt war, dann toppst du den Wahnsinn gerade noch einmal."

„Richtig, ich bin eine ältere Version von dir und ein bisschen Wahnsinn ist wohl auch dabei, aber hey, das ist nicht die schlechteste Form von Spaß", lacht sie mich an.

Dass Wahnsinn etwas Gutes sein soll, habe ich heute schon einmal gehört.

„Wieviel älter bist du", will ich wissen.

„Darf ich vorstellen? Vor dir steht die 76-jährige Paula Jansen.

„Du scheinst so glücklich zu sein und zufrieden."

„Das bin ich. Leider machst du einen ganz anderen Eindruck auf mich und ich finde, es wird Zeit, dass wir daran etwas ändern. Du wirst schließlich nicht jünger Mädchen."

„Nach allem, was ich heute gehört und erlebt habe, wird sich ganz sicher etwas ändern, ich weiß nur noch nicht genau, wo ich damit beginnen soll."

„Vielleicht fängst du einfach bei dir an", sagt sie.

„Natürlich bei mir, aber allein das beinhaltet so viel Änderungspotential."

„Ganz genau Paula, ist es nicht wundervoll dieses Meer an Möglichkeiten in sich zu spüren?" Ohne auf meine Antwort zu warten, die sie sicher schon kennt, spricht sie weiter.

„Sieh doch, wie reich du bist. Und damit meine ich nicht deine finanzielle Situation, sondern deine Gaben, deine Talente, dein Wissen, deine Liebe und deine Hilfsbereitschaft."

Irgendwie rührt es mich, dass sie so nette Sachen über mich sagt. Also, dass ich so nette Sachen über mich sage, aber das tut dem guten Gefühl keinen Abbruch.

„Das klingt als könntest du aus deiner Perspektive einiges mehr in mir sehen als ich. Vielleicht liegt das aber auch daran, dass ich in den letzten Jahren den Zugang zu mir selbst verloren habe."

„Nein, das hast du nicht. Der mag vielleicht ein bisschen verschüttet sein, unter all deinen Betäubungsversuchen, aber verloren ist der ganz sicher nicht."

„Was meinst du mit Betäubungsversuchen?" frage ich noch irritierter. Klingt ja gerade so, als hätte ich mit Absicht einen Bogen um mich gemacht.

„Nun ja, es ist ja so, dass jeder Mensch tief im Inneren sehr wohl weiß, was ihm guttut und was ihm Freude macht. Manchmal stehen wir dann in unserem Leben an einem Punkt, an dem wir zwar spüren, was das Beste für uns ist, entscheiden uns aber dennoch für andere Möglichkeiten. Der Grund dafür ist ganz oft Angst. Angst vorm Scheitern oder Angst davor, was andere Leute sagen könnten, wenn wir unseren Weg gehen. Dann treffen wir vorschnelle Entscheidungen aus lauter Vernunft und stürzen uns nur zu gerne Hals über Kopf in deren Umsetzung. Alles nur um unsere innere Stimme nicht mehr hören zu müssen, die uns immer wieder leise „Du Idiot" ins Gewissen flüstert, um uns wieder auf den richtigen Weg zu bringen. Das machen wir mit der Arbeit, mit Beziehungen und sogar mit Kleinigkeiten, die wir mit faulen Kompromissen füllen. Paula, erinnere dich, du hattest Träume. Ich war dabei als du dir mit leuchtenden Augen dein Leben ausgemalt hast und jetzt frage ich dich, lebst du wenigstens einen dieser Träume oder einen neuen?"

Ich muss nicht lange nachdenken. Es schmerzt. Nichts in meinem Leben fühlt sich an, als würde es zu einem Traum gehören. Eher das Gegenteil ist der Fall. Mit der Ideenagentur hatte ich zwar eine gut laufende Firma übernommen, aber damit erfülle ich nicht meine Träume, sondern sorge jeden Tag dafür, dass sich die Wünsche anderer Menschen erfüllen. Das war anfangs okay und hat auch Spaß gemacht. Ich habe Ideen zur Umsetzung geliefert, aber durch den enormen zeitlichen Aufwand dafür meine Träume und meine Verwirklichung aus den Augen verloren.

„Nein", mehr kann ich gerade nicht sagen, aber Odettepaulaich weiß natürlich, was alles hinter diesem kleinen Wort steckt.

„Paula, ändere, was dir nicht gefällt. Du hast zu jeder Zeit eine Wahl, du musst sie nur wahrnehmen."

„Bei dir klingt das so einfach."

„Es ist einfach! Dein jetziges Leben ist die Summe aller Entscheidungen, die du je getroffen hast und derer, die du nicht getroffen hast. Du allein kreierst dir dein Dasein auf dieser Welt und bist dafür verantwortlich. Mit jedem neuen Gedanken, jeder neuen Entscheidung bewegst du dein Leben in eine bestimmte Richtung. Erinnere dich daran, was du heute Abend alles gesehen hast, welche Gefühle das bei dir ausgelöst hat, welche Sehnsüchte du gespürt hast und dann mach dich auf den Weg. Glück und Zufriedenheit sind kein Zufall. Auch das sind Ergebnisse."

„So wie du jetzt zu mir sprichst, klingt es, als hätte ich das alles irgendwann mal kapiert und sogar umgesetzt."

„Das hast du. Nach diesem Abend wirst du gar nicht anders können, als deiner inneren Stimme zu folgen und zu tun, was für dich richtig ist. Er wird dich auf deinem weiteren Weg begleiten und immer wieder ein Zeichen setzen, solltest du dich verirren. Schau genau hin Paula, wer willst du sein, was sind deine Werte, was willst du bewegen in dieser Welt, was willst du hinterlassen? Das sind die Fragen, die du dir stellen solltest und nicht, wer im Büro wohl den letzten Kaffee genommen hat, ohne neuen zu kochen."

Ich spüre, dass alles, was sie sagt richtig ist und ich hoffe, ich kann mir wenigstens die Hälfte von dem merken, was heute Abend passiert ist.

„Kannst du mir bitte einen Satz mitgeben? Diesen einen Rat, der mich mit 76 Jahren so strahlen lässt, wie du es heute tust?"

„Ja. Mach dich glücklich, du bist die Einzige, die das kann", sagt sie ernst und schaut mich dabei eindringlich an.

Das klingt gleichzeitig banal und herausfordernd, so einfach wie es schwierig ist in der Umsetzung, weil ich dafür wissen müsste, was mich glücklich macht. Doch es beinhaltet vieles von dem, was wirklich wichtig ist.

Mir fällt jetzt erst auf, dass wir die ganze Zeit miteinander gesprochen haben, ohne uns zu berühren.

„Warum funktioniert das mit uns auch ohne eine körperliche Verbindung", will ich von ihr wissen.

„Wir sind doch schon eine Person und heute haben wir endlich mal ein konstruktives Selbstgespräch. Alles, was du bisher in diese Richtung abgeliefert hast, war ja eher kontraproduktiv."

„Was meinst du?"

„Dieses ganze Geplapper, das dein Hirn den ganzen Tag veranstaltet wie: 'das schaffe ich nie', 'vielleicht bin ich einfach nicht gut genug', 'das hätte ich doch wissen müssen' oder 'ich bin einfach zu blöd dafür'. Weißt du eigentlich wie oft solche Dinge in unserem Kopf herumspuken? Lass das sein, Paula, das führt zu nichts. Beginne stattdessen dir die richtigen Fragen zu stellen."

„Was sind denn die richtigen Fragen?"

„Wo willst du hin? – Also was sind wirklich deine Herzensziele, bei denen dich der Weg schon glücklich machen wird.

Wie findest du Lösungen für deine Herausforderungen? – Es wird immer wieder Situationen geben, die vielleicht schwierig sind oder dir zumindest so erscheinen. Wie möchtest du damit umgehen?

Was macht dich stark? – Was im Leben ist es, was dir Kraft gibt, deine Gesundheit fördert, dich gut fühlen lässt? Diese Dinge sind es, die du vor allem anderen tun solltest. Vielleicht beginnst du einfach deine Tage damit.

Wie kannst du dein Leben so gestalten, dass du dich darin wohlfühlst? – Was brauchst du zum Glücklichsein, was brauchst du nicht? Ich denke, du bekommst eine Ahnung davon, was ich meine?"

„Ich denke schon. So etwas wie positives Denken!"

„Mit positivem Denken allein bewirkst du auch nicht viel. Damit gibst du die Verantwortung ab und wartest einfach nur darauf, dass sich die Dinge schon zum Guten wenden werden. Stell dir gute Fragen und höre, was deine innere Stimme dir an Lösungsmöglichkeiten bietet."

„Ich hätte dich wirklich gern schon früher mal getroffen. Nie hätte ich gedacht, dass ich irgendwann einmal so weise sein würde."

„Der eigene Weg ist weniger steinig, als wenn man versucht, einen aufgezwungenen zugehen. Du wirst viel Freude haben, das verspreche ich dir."

„Odette", sage ich traurig lächelnd, weil ich ahne, dass unsere Zeit langsam zu Ende geht „es war sehr schön, dich kennenzulernen und ich hoffe, ich schaue mit 76 in den Spiegel, sehe deine leuchtenden Augen und kann sagen, dass ich alles richtiggemacht habe! Danke für deine lieben Worte."

„Paula, mich hat es auch gefreut. Ich wünsche dir einen Weg voller Spaß und Freude." Mit diesen Worten verabschiedet sich meine ältere Version fröhlich lachend in die Nacht.

10. Partygast 7 - Pepe

Ich sehe mich um. Alle Lichter sind erloschen und auch wenn es wirklich schöne und lehrreiche Begegnungen waren, bin ich jetzt froh, all diese Wünsche, Gedanken und Gefühle für mich erst mal wirklich aufzunehmen und sacken zu lassen. Ich drehe mich wieder in Pepes Richtung, um zu ihm zurückzugehen, doch Pepes Lichtgestalt steht direkt vor mir. Mein Körper zuckt vor Schreck zusammen. Damit habe ich nicht gerechnet. Ich schaue zum Tisch, um nach dem richtigen Pepe zu sehen, aber ich kann ihn nicht finden. Noch bevor ich gedanklich wieder bei dem derzeitigen Geschehen ankommen kann, legt Pepe seine leichte Faust auf meine Wange. Das hat er früher schon immer getan, als er mich ins Bett brachte. Danach gab er mir auf die gleiche Stelle einen Gutenachtkuss. Das war unser Ritual, mit dem wir uns gegenseitig versprachen: Egal, was auch passiert, wir gehen erst auseinander, wenn wir beide das Gefühl haben, dass zwischen uns alles ist gut. Genau so fühlt sich das für mich gerade auch an. Als würden wir erst auseinandergehen, wenn alles gesagt ist. Das rührt mich so sehr und ich frage mich, woher diese geballte Sentimentalität kommt, welche sich schon durch den ganzen Abend zieht.

„Dein Herz wird weiter und du bekommst endlich wieder ein bisschen Raum für die Dinge, die wirklich wichtig sind im Leben", antwortet Pepe auf meine Gedanken, und ohne dass ich auch noch etwas sagen könnte, beginnt der Film in meinem Kopf...

> Ich tanze ausgelassen zwischen vielen fröhlichen Menschen. Die meisten davon sind Freunde oder gute Bekannte. Wir trinken Cocktails, singen lauthals lachend falsche Texte bekannter Lieder mit. Meine Füße sinken im Takt der Musik in den warmen Sand, während ein lauer Sommerwind meinen Körper streichelt. Der Himmel beleuchtet unsere Party mit wunderschönen Sternengirlanden und einem riesigen Vollmond, welcher einen vollendeten Glitzerfilter über den See legt. Ich fühle mich glücklich und angenommen. Frei, aber ganz in diesem Moment verwurzelt.

Dass ich das bin, kann ich erkennen, aber ich habe diese Situation nie so erlebt. Es sind definitiv meine Gefühle, ich kann den Wind auf meiner Haut spüren und das Glück in meinem Herzen.

Ich sitze an dem Schreibtisch, den mir Pepe vor langer Zeit geschreinert hat. Er steht am Fenster meines alten Zimmers in Pepes Haus. Draußen ist es grau. Große weiße Schneeflocken schweben langsam in Richtung Boden. Manche sind klein und leicht, andere haben sich zusammengetan und sind als Grüppchen ein bisschen schneller unterwegs. Dabei wirken sie, als wollten sie mir etwas über die Langsamkeit des Lebens erzählen. Ich schaue ihnen aufmerksam zu und schreibe mit, was ich zu verstehen glaube. Von hinten legt sich sanft eine Hand auf meine Schulter:

„Möchtest du auch einen Tee", fragt Oli mich mit seiner freundlichen, tiefen Stimme.

„Gleich", sage ich, nehme seine Hand und ziehe ihn hinaus in Hof. Ich breite meine Arme aus, drehe mich und spüre jede einzelne Schneeflocke, die sich auf meiner Haut niederlässt.

Oli lacht: „Das sind die Momente, in denen ich mich immer wieder neu in dich verliebe." Und auch ich verliebe mich. In Oli, in mich, in den Schnee und in das Leben.

Und da sind Pepe und Flunker, die fast mein halbes Leben lang mit mir toben, essen, wandern, spielen, lernen und alles mit einer solchen Leichtigkeit und Freude. Pepe, der mir das Schnitzen beibringt, weil er weiß, dass mich Abwasch und Haushalt zutiefst langweilen, der mir das Leben erklärt und auf all meine Fragen eine Antwort hat. Manchmal denkt er sich diese auch nur aus, aber das ist mir egal, ich mag seine fantasievoll ausgeschmückten Pseudoantworten am liebsten. Flunker, die sich all meine Geheimnisse und Geschichten anhört, welche ich ihr erzähle, damit ich sie selbst niemals vergesse. Hier liegt meine Kindheit voller Liebe, Sicherheit und Zusammenhalt, in einer kleinen ungewöhnlichen Familie, die mir zeigt, was Zugehörigkeit und Glücklich sein wirklich bedeuten. Ich sehe mich auch an diesem heutigen Tag noch mal bei Pepe ankommen, wie herzlich er mich empfängt, obwohl wir uns so lange nicht gesehen haben. Welche Freude er mir entgegenbringt und wie ansteckend diese auf mich wirkt.

Ich öffne die Augen. Neben mir steht Pepe mit einem großen, breiten Lächeln und hält mich stützend am Arm. Er sieht echt aus. So echt, dass ich ihm über die Wange streichle und seine Wärme spüre.

„Paula", sagt er „wie schön, da bist du ja wieder."

Ich blicke an mir herunter und schaue meinen leuchtenden Körper noch einmal an. Alle Flecken, die anfangs noch dunkel waren, sind inzwischen erhellt. Bis auf einer. Ich lege meine Hand auf die dunkle Stelle und sehe fragend Pepe an.

„Das ist Oli", sagt er.

„Wie meinst du das?"

„Du konntest heute Abend all deine Beziehungen klären, nur die mit Oli noch nicht so ganz. Damit solltest du dir aber vielleicht auch Zeit lassen, bis du den heutigen Abend wirklich verarbeitet hast. Wie geht es dir?"

Er führt mich langsam zum Tisch. Tatsächlich habe ich das Gefühl nicht besonders gut zu sehen gerade, was vermutlich daran liegt, dass all die Lichter nicht mehr hier sind.

„Ja, gut", sage ich leise, setze mich auf meinen Stuhl und nehme erst mal einen großen Schluck von meinem Wein. Dabei überkommt mich wieder dieses warme, schöne Gefühl von Zuhause, welches ich so lange vermisst habe. Egal, wer gerade an meiner Seite war, das habe ich so nie gespürt. Im

Nachhinein kommt es mir so vor, als wäre ich zwar nie allein, aber dafür immer umso einsamer gewesen. Allerdings lag das weniger an den jeweiligen Personen, die in mein Leben kamen, als an mir. Pepe schaut mich erwartungsvoll an. Ich jedoch bin so überwältigt von allem, dass ich gar nicht weiß, wo ich anfangen soll.

„Das, was ich gerade mit dir gesehen habe, war so durcheinander. Einerseits gab es da Situationen, die so nie stattgefunden haben und andererseits habe ich unser gemeinsames Leben dort gesehen."

„Wichtig ist nicht, ob etwas wirklich passiert oder nicht. Wichtig ist, was dein Herz dir zu Gedanken, Situationen oder Menschen sagt. Höre in dich hinein, vertraue deiner Intuition und deinen Gefühlen, sie geben dir Aufschluss darüber, was in dir gerade gesehen werden will."

„Es war als hätte ich mir selbst bei dem Leben zugeschaut, welches eigentlich für mich bestimmt ist und das ich leben sollte. Alles hat sich richtig angefühlt und ich sah glücklich aus."

„Das waren deine Wünsche. Die tiefsten Wünsche jener Paula, die den Sinn dieses kleinen Abenteuers verstanden hat. Behalte diese Gefühle und Sehnsüchte in dir. Gepaart mit einer großen Portion Freude, sind sie es, die dir zeigen, ob du auf dem richtigen Weg bist und sie werden dir ein guter Antrieb sein, dein Leben sinnvoll zu gestalten. Gehe ihnen nach, völlig unabhängig von Konventionen oder Erwartungen anderer, nur dann wirst du zu deinem wundervollsten Selbst und kannst die Welt auf eine positive Weise beeinflussen."

„Aber wie passt das zusammen? Diese starke Zugehörigkeit, welche ich zu euch habe und doch diese Freiheit, tun zu können, was richtig für mich ist?"

„Paula, nur wenn du glücklich bist, kannst du mit deiner Art auch andere glücklich machen. Jeder, der auf dieser Welt wandelt, ist auf seinem Weg. Die einen bewusster als die anderen. Und auch wenn man in einer Gemeinschaft lebt oder in einer Partnerschaft, geht jeder seinen eigenen Weg. Schön ist jedoch, wenn man es versteht sich gegenseitig darin zu unterstützen. Das ist ein schönes Instrument, um das Gefühl füreinander und die Zusammengehörigkeit zu stärken."

Ich gehe um den Tisch, setze mich neben Pepe auf die Bank und umarme ihn lang und innig.

„Danke für all das! Für all die Gedanken, die du dir immer wieder gemacht hast und für all die Geschichten, die du dir für mich ausgedacht hast. Danke dafür, dass du mich hast sein lassen, für deine Selbstlosigkeit an meinen schlechtesten Tagen und für deine Liebe, die mir immer dann am größten schien, wenn ich am wenigsten liebenswert war. Du bist das größte Geschenk, das mir dieses Leben machen konnte", flüstere ich ihm ins Ohr.

„Ach meine kleine, große Paula", sagt Pepe verlegen „ich wollte immer nur das Beste für dich und ich freue mich sehr, dass du mit so viel Liebe an unsere Zeit zurückdenkst. Öffne deine Augen, wenn du durch die Welt gehst und du wirst sehen, dass da noch sehr viele wunderbare Geschenke auf dich warten. Je dankbarer du für Kleinigkeiten bist, desto größer werden dir deine Geschenke vorkommen", sagt Pepe mit einem so emotionalen Gesicht, wie ich es noch nie an ihm gesehen habe. Ich bedauere sehr, dass ich mich bis heute nie für seine Liebe bedankt habe. Pepe legt seine Hand auf meine und sagt: „Lass uns schlafen gehen Paula, es ist schon spät. Der Abend war ereignisreich, ich könnte ein bisschen Ruhe vertragen."

11. Der Tag nach meiner Party und vor einem neuen Leben

Am nächsten Morgen werde ich von einer weichen Zunge an meiner Nasenspitze und einer leisen Melodie geweckt. Ich mag die ersten und letzten Minuten eines Tages, welche mich oft am Rande meiner Bewusstheit in eine ganz andere Welt eintauchen lassen. Und so dauert es auch eine Weile bis ich realisiere, dass das alles kein Traum war. Die Bilder des gestrigen Abends machen sich sofort noch einmal Platz in meinem Kopf, während sich die Gefühle dazu in meinem Herzen breitmachen. Gedanken und Erkenntnisse sortieren sich und zaubern mir ein Lächeln ins Gesicht. Dieses eine wahnsinnige Lächeln, das von dem Glauben erzählt, ich könne alles schaffen. Dabei fühle ich mich zum ersten Mal seit Ewigkeiten klar und vollständig, fast wie ein neuer Mensch. Alles ist richtig in diesem Moment, auch Flunkers Zunge in meinem Gesicht. Mit diesem Gefühl von Ganzheit erkenne ich auch das Lied, welches mich innerlich in Dauerschleife beschallt. Ein immer lauter werdendes Nothing else matters von Metallica lässt mich aus dem Bett und durchs Zimmer springen. Flunker freut sich und hüpft mir, fröhlich mit dem Schwanz wedelnd, hinterher. Es scheint als würde ihr das Leben an diesem Morgen genau so viel Spaß bereiten wir mir.

Vor dem großen Spiegel am Schrank drehe ich ein paar Pirouetten und als mein Blick bei einer in meinem Gesicht hängen bleibt, erkenne ich Odettes Gesicht, welches mir zuzwinkert, als wäre dies genau das, was sie von mir sehen wollte. Ich muss lachen und drehe das Volumen meiner Freude noch ein bisschen nach oben bis ich letztendlich mit meinem Lachen wieder ins Bett falle. Flunker springt mit ihrer Begeisterung weiter übers Bett und über mich, als wolle sie mir sagen, wir hätten uns nachts genug ausgeruht. Womit sie ja auch Recht hat. Ich nehme mein Handy aus der Tasche und wähle Karlas Nummer im Büro. Noch bevor ich überhaupt einen Klingelton hören kann, ist sie schon am Telefon.

„Paula, endlich. Wie geht es dir? Und wo bist du? Ständig fragen hier Leute nach dir und ich kann denen nicht einmal sagen, wann du wiederkommst."

„Hallo Karla, es ist alles gut. Es tut mir leid, dass ich so ein Chaos hinterlassen habe, aber du kannst mir für Freitag eine Telefonliste auf den Tisch legen."

„Bist du sicher, dass du am Freitag wieder hier bist?"

„Ziemlich sicher. Würdest du mir bis dahin vielleicht noch 2 Gefallen tun?"

„Ja klar, was denn?"

„Könntest du bitte den Enkel von Anton Himmel ausfindig machen. Jan Himmel ist sein Name, er ist noch ziemlich klein, deshalb müsstest du eher nach der Mutter suchen. Leider weiß ich ihren Vornamen nicht, aber den findest du schon heraus. Und wenn du die Adresse hast, schickst du ihm gut verpackt das rote Auto aus meinem Büro mit einer kleinen Karte. Schreib sowas wie: ‚Es wäre schade, diese Schönheit verstauben zu lassen, wenn so ein toller Junge wie du gern damit spielen würde. Ich wünsche dir viel Spaß damit. Liebe Grüße Paula.' Ich denke, er kann ein bisschen Freude vertragen, nach dem sein Großvater gestorben ist."

„Das ist nett von dir. Und was ist die zweite Sache", fragt sie ungläubig und misstrauisch zugleich.

„Frag doch bitte mal in die Runde, wann nächste Woche alle einen Abend Zeit haben. Ich würde euch gerne zum Essen einladen."

„Wirklich?"

„Ja sicher. Sollte irgendjemand einen geschäftlichen Termin haben, wegen dem er nicht kann, soll er ihn verschieben. Wenn es aus privaten Gründen nicht klappt oder wegen akuter

Unlust, dann ist das ok. Ich würde mich aber freuen, wenn so viele wie möglich kommen würden."

„Das ist auch nett von dir. Irgendwas ist doch passiert", hakt sie noch einmal nach.

„Passiert ist schon etwas, aber das erkläre ich euch dann. Macht euch bis dahin noch eine schöne Woche und richte liebe Grüße an alle aus. Tschüss Karla!"

„Mach's gut Paula, dir auch eine schöne Zeit."

Ich habe keine Ahnung, woher all das gerade kam, aber es fühlt sich wahnsinnig toll an, anderen Menschen eine Freude zu machen, ohne eine Gegenleistung zu erwarten. Und dann sind da noch ein paar Dinge, die ich unbedingt erledigen muss. Ich nehme Zettel und Stift und schreibe mir in alter Manier eine kleine To-do-Liste, die ich mir, sobald ich zu Hause bin, an den großen Spiegel im Flur hängen werde.

To do

- Das Leben in seiner ganzen Vielfalt einatmen
- Lachen, so oft wie nur möglich
- Lieben aus tiefstem Herzen
- Mit offenen Augen durch die Welt gehen
- Die Schönheit der kleinen Wunder entdecken

- Feste feiern, wie sie fallen
- Feste schmeißen, wenn sie nicht von alleine fallen
- Jede Gelegenheit nutzen, um Konfetti zu werfen
- Freude unter die Menschen bringen
- Lächeln verschenken
- Dankbar sein für alles, was ich habe und erlebe

Zufrieden und in eine Hülle aus Vorfreude gepackt, gehe ich ins Bad, ziehe mich an und rutsche dann mit einem lauten Quieken das Geländer im Treppenhaus hinunter, wie ich es früher als Kind immer getan habe. In der Küche sitzt Pepe.

„Guten Morgen", sage ich fröhlich „wie hast du geschlafen?"

„Sehr gut Paula, ich hoffe du auch. Das war nach all den Jahren bestimmt ungewohnt in deinem alten Bett, aber wie ich sehe, ist deine Laune heute ja bestens."

„Es war so toll man wieder hier zu übernachten, ich habe so gut habe ich schon lange nicht mehr geschlafen. Das schlägt sich natürlich auch auf meine Laune nieder. Ist das alles für uns beide", bewundere ich den reichlich gedeckten Frühstückstisch.

„Natürlich. Es sei denn, du möchtest noch jemanden einladen. Du hast nämlich Besuch."

„Was? Wer sollte mich denn hier besuchen?" Außer dir, weiß niemand, dass ich hier bin."

„Oh, dann hat da wohl jemand gut recherchiert."

„Wer ist es denn", frage ich ungeduldig.

„Das wirst du schon sehen. Er wartet am See auf dich", sagt Pepe mit einem breiten Lächeln. Ansonsten sieht er aber eher müde und kaputt aus.

„Seit wann bist du denn schon wach", frage ich ihn.

„Ach schon eine Weile. Wenn man alt wird, braucht man nicht mehr so viel Schlaf. Früher dachte ich, das wäre nur ein Klischee, aber jetzt finde ich toll, dass es so ist. Ich habe viel mehr Zeit für noch schönere Dinge."

„Noch schönere Dinge als Schlafen? Sowas gibt es?"

Wir lachen beide. Ich überlege kurz, ob ich gleich zum See gehen will oder lieber erst mit Pepe frühstücken soll. Aber meine Neugier lässt mich nicht in Ruhe.

„Gut, dann mache ich mit Flunker einen Spaziergang und sammle unterwegs unseren Frühstücksgast ein. Magst du solange schon essen oder wartest du auf uns?"

„Geh nur Paula, ich trinke später noch einen Kaffee mit euch."

12. Alles neu

Flunker und ich laufen los. Zumindest ich bin so zielstrebig unterwegs, als gelte es eine Mission zu erfüllen. Neugier scheint mir eine sehr aufregende Antriebskraft zu sein. Meine kleine Freundin hingegen hat ihre ganz eigenen Ziele. An Blumen riechend, nach Schmetterlingen schnappend und im Sand wälzend, zeigt sie mir wie es auch funktionieren kann, das Leben in all seinen Facetten zu genießen. Ich werde langsamer, schaue ihr zu und merke, dass ich auch von ihr noch sehr viel lernen kann. Allein sie zu beobachten macht mir großen Spaß und ich wünschte, ich könnte die Welt noch einmal mit dieser leichten und kindlichen Naivität ohne Vorbehalte entdecken. Inzwischen bin ich stehen geblieben, um in ihre Freude einzutauchen und so viel wie möglich davon aufzusaugen. So könnte eine jener Geschichten aussehen, welche mir die Schneeflocken meiner Vision über die Schönheit der Langsamkeit erzählen wollten. Ich genieße es einfach nur, schließe die Augen und atme dabei tief die herrliche Waldluft ein. Als ich die Augen wieder öffne, beginnt mein Herz ganz wild zu klopfen. An einen Baum gelehnt, die Hände in den Hosentaschen und mit einem bezaubernden Lächeln im Gesicht steht Oli und beobachtet mich.

„Hallo Paula", sagt er mit liebevoller Stimme. Dabei hätte er nach den letzten Wochen und Monaten wirklich allen Grund sauer auf mich zu sein.

„Oli!" Mehr schafft meine Stimme gerade nicht.

„Wollen wir ein Stück gehen?"

„Gerne."

Ich nehme Flunker an die Leine und gehe langsam neben Oliver her. Meine Knie zittern und ich ermahne mich in Gedanken, einen Fuß vor den anderen zu setzen, wenn ich auf den Beinen bleiben will.

„Woher weißt du, dass ich hier bin", frage ich unsicher.

„Nun, ich habe bei dir im Büro angerufen, weil ich dir noch ein paar Dinge über den Hund sagen wollte. Karla wusste nicht wo du steckst, nur, dass du dich für diese Woche abgemeldet hast. Und dann bin ich auf Verdacht hierhergefahren, weil ich dachte, nach all dem was in der letzten Zeit passiert ist, tut dir Pepe bestimmt gut an deinem Geburtstag."

Er dreht sich zu mir, nimmt mich in die Arme und flüstert mir ein „Alles Gute nachträglich!" ins Ohr. Ich halte ihn fest. Als hätte mich meine nächtliche Sentimentalität immer noch in ihren Fängen, laufen mir die Tränen übers Gesicht. Und als wären sie unangebracht, weil ich doch diejenige bin, die sich so unmöglich aufgeführt hat, möchte ich nicht, dass er sie sieht. Mit diesen Gedanken und Gefühlen umarme ich ihn wohl einen Moment zu lang, so dass er sich für mein Empfinden viel zu früh aus meiner Umarmung befreit. Er sieht mich auf seine liebevolle Art an und seine Augen verraten mir, dass er sich freut diese Seite jetzt an mir zu entdecken.

„Es tut mir leid", sage ich fast stumm.

„Was tut dir leid", fragt er mit einem milden Lächeln.

„Dass ich dich nie richtig gesehen habe. Dass ich dein Tun kaum geschätzt habe. Dass ich dich einfach hingenommen habe, obwohl du dir so viel Mühe gegeben hast."

Während diese Worte aus mir heraussprudeln, fühle ich wieder diese innere Wärme in mir aufsteigen, welche ich gestern bei jeder Begegnung wahrgenommen habe. Oli schaut mich mit großen Augen an.

„Warum strahlst du so? Was passiert mit dir", fragt er und wischt sich mit beiden Händen über sein Gesicht, als müsse er seinen Blick klären.

Ich schaue an mir herunter und sehe kurz meinen Körper aufleuchten. Auch das letzte dunkle Fleckchen hat jetzt dieses

Strahlen angenommen. In mir steigt ein Gefühl von Vollkommenheit auf, von dem ich mir wünsche, ich könnte es irgendwie festhalten.

„Die letzte Nacht mit Pepe war sehr lang und ereignisreich. Was da genau passiert ist, lässt sich schwer erklären. Aber ich würde es gerne in einem ruhigen Moment versuchen. Vielleicht kannst du sogar darüber schreiben. Ich würde dieses Erlebnis gerne teilen, aber vor allem möchte ich verhindern, dass ich es selbst jemals vergesse."

„Paula, du sprühst ja vor Begeisterung. Ich kann mich nicht erinnern, dich je mit so leuchtenden Augen gesehen zu haben. Ich würde mich wirklich freuen, wenn du mir mehr davon erzählst."

„Kommst du zum Frühstück mit zu Pepe? Er wartet auf uns."

„Gerne", strahlt er mich an.

Oli mochte meinen Großvater schon immer sehr gerne. Ich glaube fast, die beiden hatten in den letzten Jahren einen sehr viel engeren Kontakt zueinander als ich zu beiden.

Ich befreie Flunker, die sich spielend während unseres Gesprächs mit der Leine um einen Busch gewickelt hat und schlage dann den Weg in Richtung Haus ein. Oli läuft neben mir und nimmt nach einer Weile meine Hand, so wie er es am Anfang unserer Beziehung immer tat. Heute fühlt es sich an wie das letzte Puzzlestück für eine lebendige Zukunft.